吉村昭と津村節子

波瀾万丈おしどり夫婦

谷口桂子

新潮社

目次

＊文中敬称略

吉村昭と津村節子　波瀾万丈おしどり夫婦

本書の執筆に際し、吉村家の方々には多大なるご協力を賜りました。
心より御礼申し上げます。
吉村昭、津村節子ご夫妻を著すきっかけとなりました、ご夫妻の恩師、
丹羽文雄氏とのご縁にも感謝を捧げます。

序章　「さい果て」への旅

「ここで死にましょうか」

真冬の凍りつくような海風が吹きつける北海道根室の夜の海岸で、吉村昭のコートの袖にしがみつきながら津村節子は言った。華奢な体が吹き飛ばされそうなほどの烈しい風で、暗闇が拡がる海のほうを向くと息もできないほどだった。

当時吉村は二十七歳、一歳違いの津村は二十六歳。吉村は学習院大学を中退、津村は同短期大学を卒業し、一九五三年（昭和二十八年）に結婚したばかりだった。その翌年、二人は新婚旅行ならぬ行商の旅に出る。

吉村が始めた商売が発端で、厚手のセーターを駅留めの鉄道便で送り、現地で空き店舗を探し、「山形特産純毛セーター」の赤い幟を立てて商品を並べて売る。

一週間商いをすると、次の土地へ向かった。宮城県の石巻から始まって東北をめぐり、青函連絡船で北海道に渡った。函館や札幌では売れなかったので根室に流れ着いた。

津村は決してヤワな女ではない。福井で織物業を営む父親の庇護のもとで育ったお嬢様だが、外見からは想像できない芯の強さと負けん気を秘めている。

「死にましょうか」という言葉が、にわかに津村と結びつかない。

しかし私のボイスレコーダーには、根室の海岸の場面についての津村の問わず語りの肉声が残っていた。

「もうあてもないし、お金はなくなるし、いつまでもさまよっているわけにはいかないから、ここで死んじゃおうかと言いました」

津村は自分の中に新しい生命が宿っているのに気づいた。翌年誕生する長男の吉村司（つかさ）である。

今回、両親についての話をお願いし、応じてくれた司が、津村から「死にましょうか」の話をきいたのは大学生のときだった。

「ゴザを敷いて、毛糸の商品を売るような商いで、払っても払っても、セーターの上に雪が降り積もっていく。貧しいし、新婚の夫はほっつき歩いている。店番をさせられた母は膀胱炎にもなった。母は福井の社長令嬢ですよ。まあ、ここで終わりと思ったんでしょう」

そもそも津村にとって、吉村との結婚は、こんなはずではなかったという想定外の連続だった。

二人は学習院大学の文芸部で出会い、ともに小説家志望のいわば文学結婚だった。

「結婚前の学生時代に、二人で満員電車に乗ったとき、手の甲が触れただけで、父は顔が真っ赤になった。それくらい母に惚れてたんですよ。あとになって父がその話をしたら、母は、まあ、そうだったの？　という感じでしたけど」

ベタ惚れ、という感じだったんでしょうか？　と尋ねると、「まあ、そうでしょうね」と司はうなずいた。

一方の津村は吉村が発表した小説『死体』を読んで、

〈……いきなり脳天を強打されたような気がした。〉（『ふたり旅』岩波書店）

学生が書いたとは思えない、才能を感じたのだ。津村との結婚のために吉村は兄が経営する紡績会社に就職したが、結婚の一週間前に突然勤めを辞めてしまう。

サラリーマンと結婚すると思っていた津村は言葉を失った。夫は定収入という安定をあっさり捨ててしまったのだ。兄の庇護を受けるのは嫌だと吉村は言ったが、小説を書く時間がほしかったのではないかと津村は思った。

収入が途絶えたので、吉村は自分で事業を始めた。紡績の知識はあったので原毛を買いつけ、撚糸工場に発注して業者に売るというものだ。吉村に小説以外の事業の才覚があったのは意外な印象を受ける。

新婚のアパートに「東京紡績株式会社」の看板を掲げ、吉村が社長、津村はいきなり無給の経理係兼電話番になった。

津村が当時のことを記している。

〈結婚してまだ三月目で、私は夫の言い分に反対をのべることはできなかった。勤めを辞めて夫がこれから自分一人で始めるという仕事は、世間知らずの私にもひどく危なげに思えた。それなのに夫の言葉に賛意を示したのは、理解ある妻と思われたいという見栄からであった。〉（『みだれ籠』文春文庫）

最初のうちは順調だった。ところが戦後最大の不況と言われた年で、企業の倒産が相次ぎ、取引先の山形のメリヤス工場の手形は次々と不渡りになった。食べるにも事欠くようになり、二人のキューピッド役となった吉村の弟の隆が、パチンコの景品でとった牛肉の缶詰や鮭缶を差し入れている。

思ったらすぐ行動に出るのは若い頃からだったのか、津村は吉村に代わって山形のメリヤス工場に手形を落とす交渉にも行った。

「これ、どうしてくれるの？」

と業者に手形を示すと、

「うちも事情が事情だから、払うものも払えない」

と言われた。結局現物支給となって、毛糸のセーターや腹巻、茶羽織が送られてきて、新婚のアパート一間がいっぱいになった。

それをなんとか現金化しなければ、明日から食べていけない。友人の父親が茨城県日立市にある会社の重役で、購買部に置いてもらえないかと、津村は日立まで行って商品を見せている。しかし寒地の農村や漁村用に作られた厚手の衣類なので関東圏では売れなかった。東北、北海道に行くしかないと吉村が言い出し、一足先に一人で行商の旅に出た。

人を頼むよりはいいから、私も一緒に行くと津村が言って二人旅になる。

〈学習院の友達が聞いたら正気の沙汰ではない、と言うだろう。大道商人と五十歩百歩である。〉（津村『三陸の海』講談社文庫）

見知らぬ町で、もちろん二人とも商売など初めてだった。

青森県の八戸では東北物産展が開かれていて、山形の純毛セーターは飛ぶように売れた。

これで東京に帰れると津村は思ったが、最終日に吉村は売り上げを入れていた財布をすられてしまう。全財産を失い、東京に帰る旅費のためにも再び商いをするしかなく、商品を取り寄せて二人は北海道に渡った。

当の吉村は行商の旅を楽しんでいるようだった。

小説を書くための取材旅行だとでも思っていたようで、二、三日して慣れてくると津村に店番をさせて出かけてしまう。初めて訪れた北国の町をぶらぶら歩き、映画を見たりしていた。商売に失敗して、現物を抱えてさすらっているという悲壮感はなかった。「新婚の夫はほっつき歩いている」という司の話は、そのことをさす。

一方の津村は、青森の駅に降り立ったとき、駅名標の片方に次の駅名がないのに目が止まった。終着駅だからだ。根室に着いたときも同様だった。青森は本州の果て、根室は日本の果てだと思った。

次第に東京から離れ、厳しい冬へと向かう北へ北へと流浪する。観光旅行ではなく行商で渡る北海道は、内地で食いつめた者が流れていく感が強かった。

〈船底の三等船室は、行商の人たちの背負う大きな荷物と、魚の匂いでいっぱいだった。そそけた畳の上で夫の軀にもたれながら、出帆のどらの音を聞いた。冬を迎えて北海道へ渡る心細さが胸にこたえて、物も言えなかった。〉(『みだれ籠』文春文庫)

根室に着いたのは夜で、駅前はさびれていた。すぐに空き店舗を探し、一日千円で借りて、一週間分を前払いした。新聞に折り込むチラシの印刷を頼み、紙と絵の具を買ってポスターを描き、人が集まる銭湯にも貼りに行った。泊まるのは布団が汚れた木賃宿で、宿の風呂場で洗濯しても、洗濯物はなかなか乾かない。荷物はリヤカーに積んで、吉村が引き、津村が後ろを押した。

十勝平野は冷害で、にしんがとれなくなった北海道は不景気だった。身を切るような寒風と降りしきる雪、怖いほど暗黒の夜の海。千島は当時のソ連領となり、海の向こうは外国だという心細さもあっただろうか。

いくら文学という支えがあり、「このままでは終わらない。今に、今に」という強い気持ちがあったとしても、それが常に続くものではない。津村は吉村に内緒で着物や帯、腕時計を質屋に入れていた。宿泊代や交通費、チラシの印刷代などで、商いをすればするほど行き詰まっていった。

夫婦二人の明日の生活も目処が立たないところに、新しい生命は宿った。明るい未来や希望を見出そうにも、どこにもない。「さい果て」という地に立ったことも、将来を悲観する要因になったのではないか。

〈福井の女性は、堪えに堪える。そしてある時、雪の重みで地に届くかと思うほどしなった柳が、突然雪をはね返すような強さを見せることがある。〉（津村『人生のぬくもり』河出書房新社）

「死にましょうか」というひと言は、耐えに耐えた末のひと言だったのかもしれない。

司が回想して語る。

「父にとっては衝撃だったと思います。自分が惚れた女に、死にましょうかと言われて、はっと気づいた。このままではいけないんだと。そのひと言で転換したと思いますよ」

放浪の旅から大みそかに帰京し、上野駅の地下食堂の汚れたテーブルで二人は年越しそばを食べた。

吉村の弟は、どこかで行き倒れになっているのではないかと死ぬほど心配したと言い、兄たちも、警察に捜索願を出そうかというほど心配していて、津村の姉夫婦に顔向けができないと吉村を怒鳴りつけた。吉村同様、津村も早くに両親を亡くし、姉夫婦が親代わりになっていた。

津村も姉夫婦に近況を知らせる葉書を一枚も出していなかった。転々と居場所が定まらない旅なので、かえって心配されると思ったからだ。

そもそも大学中退で定職はなく、結核の大手術で肋骨を五本失ったという吉村との結婚は、最初から歓迎されたものではなかった。案の定、姉夫婦に、そんな男とはすぐに別れなさいと言われた。津村は、「この人は、ひょっとしたら、ひょっとするかもしれないから」と答えている。『死体』を読んで必ず小説で名を成す人だと思ったので、今別れたら損をする、と。吉村の才能を見届けたい気持ちがあったようだ。

行商の旅からおよそ十年後、その旅を題材にして津村は小説『さい果て』を書き、三十六歳のときに新潮社の同人雑誌賞を受賞する。それは芥川賞候補となり、翌年の一九六五年（昭和四十年）に『玩具』で芥川賞受賞へとつながっていく。

津村にとって、あの旅が作家としての原点になった。司が津村に、「自作の中で、いちばん好きな作品は？」と尋ねた際には、『さい果て』だと即答している。

行商から帰京した吉村は、翌年一月から繊維関係の団体事務局に職を得た。生活のための二度目の勤めである。新しい家族のためにも、まず定収入が必要だった。

津村が先に芥川賞を受賞したことで、吉村は勤めを辞めて執筆に専念し、岩手県の田野畑（たのはた）村を舞台にした『星への旅』で一九六六年（昭和四十一年）に太宰治賞を受賞。同じ年に『戦艦武蔵』がベストセラーとなる。

放浪の旅は、夫婦の大きな転換点となった。

今年六十八歳になる司は東京生まれ。上智大学を卒業して三菱電機に入社し、その後、ソニーに転職。定年退職後は、ベンチャー企業の顧問やライターの仕事をしている。

今回、両親についての取材を申し込んだとき、司はたまたま北海道を旅行中だった。

吉村が札幌に行けば必ず立ち寄ったバー「やまざき」で、吉村が生前に入れたサントリー山崎12年のボトルと感激の対面をしたと言う司に、私は一つのお願いをした。

両親が一緒の場面で、いちばん印象に残っている光景を思い出してください。

司の答えは夫婦ゲンカだった。

「親父とおふくろ、それぞれなら他にもありますが、夫婦の場面で言うと、すさまじい夫婦ゲンカです。私が小学生の頃で、鮮明に覚えています。なんであんなに激しくぶつかり合ったのか。親父が手をあげて、おふくろを殴ることもあった。おふくろは気絶したこともあったんじゃないかと思います。親父がおふくろの下着をびりびりに破ることもありました。また破られたと、おふくろは言ってましたからね。昭和の夫婦は今と違うのかもしれませんが、とにかく二人は激しかった」

「激しかった」と司が繰り返し言う夫婦ゲンカは何度もあったらしい。いつも突然なので、子供たちはいつ始まるのか怯えていたという。津村が姉のところに家出したこともあった。吉村が家出したときは、ひと月うちに帰ってこなかった。

文壇では知られたおしどり夫婦で、仲のよさには定評があっただけに、その話には驚く。ベタ惚れで結婚した愛妻に手をあげるというのもにわかに信じ難い。

実は夫婦ゲンカのことは、吉村が随筆に書いている。『一家の主』といった小説にもあるが、ユーモアをまじえているので、どこかほのぼのとした印象を受ける。子供たちが怯えるほど、激しく深刻なものだったとは想像しにくい。

結婚して十五年経った時点で、吉村は次のように記している。

〈この間、夫婦ゲンカは小規模のものまでいれれば、おそらく数千回には達するだろう。稀には、武力行使にでることもあるが、多くは舌戦である。〉(「週刊朝日」昭和四十三年九月二十日号)

「武力行使」とあるのだから、確かに暴力沙汰もあったということだろう。

夫婦のその激しさこそが、のちに数々の作品を生み出す源泉のようにも思える。

『食と酒 吉村昭の流儀』（二〇二一年、小学館文庫）、『吉村昭の人生作法』（二〇二二年、中公新書ラクレ）と、吉村に関する二冊の本を著した私は、さらにもう一冊の本を書きたいと思った。

吉村昭と津村節子、この類稀な置き換えのきかない夫婦について。

その昔、週刊誌の連載で著名夫婦三百十八組をインタビューした際、組み合わせの妙としか言いようのないカップルがいた。吉村と津村は間違いなくその中に入る。

名を成す前の若い頃の苦労は、どんな著名人にもある。とはいえ夫婦で大道商人のような行商をして流れ歩き、その後どちらも小説家として認められ、夫婦で日本藝術院会員になるという例はきいたことがない。

なぜそこまでの大成ができたのか。奇跡のような夫婦はどのようにして誕生したのか。おしどり夫婦として知られていたが、知られていないところにその急所はあるように思えた。

意想外の逸話を求めて、吉村家や担当編集者の協力を得ながら、可能な限り文献にあたった。苦節十数年の窮乏の同人雑誌作家の時代を経て、創作という非日常と日常生活を見事に両立させ、両雄並び立った小説家夫婦の波瀾万丈の実像に迫った。

第一章

結婚サギ

吉村昭といえば、手堅く厳格なイメージがある。

同じ昭和二年生まれで親交のあった城山三郎は、二〇〇六年（平成十八年）、吉村の訃報を伝える新聞で、

〈欠点がない人でした。まじめで、きちんと約束を守る。（略）人の悪口も言わず、愚痴をこぼさない。〉（朝日新聞　平成十八年八月二日朝刊）

と追悼した。丹羽文雄が主宰する同人雑誌「文学者」の仲間だった文芸評論家の大河内昭爾は、

〈吉村さんはストイックな人ですし、照れ性でしたね。〉（「小説新潮」平成十九年四月号）

と言い、同じく「文学者」出身の評論家・秋山駿も、次のように記す。

〈いつも温和な笑顔で優しく話しかけてくれるこの人は、実は、こわい人ではあるまいか。自分で自分の心に誓ったことだけは必ず断行する。あるいは強行する。そういう勁さを生きる人だ。しかも、その勁さを秘めて、温和な風情を見せている。〉（「群像」平成十八年十月号）

さらに吉村が世に出る前から編集者としてつき合いのあった文芸評論家の大村彦次郎は、「吉村さんのけじめのつけかたのきびしさに、思わず驚いたほどでした」と弔辞で述べた。

菊池寛賞を受賞した代表作『戦艦武蔵』や『関東大震災』などの一連のドキュメント作品、読売文学賞と芸術選奨文部大臣賞を受賞した『破獄』といった小説や、記録文学の大家としての業績の印象もあるかもしれない。

もちろんそういう一面は確かにあるだろう。

だが私生活となると、イメージはくつがえされる。

吉村が津村にベタ惚れで結婚したというのは事実のようだ。昭和ひと桁生まれの日本男児にもかかわらず、

〈「アバタもエクボ」式のほとんどベタ惚れの域〉（『蟹の縦ばい』中公文庫）と自身の筆でも書いている。

精神科医の斎藤茂太と評論家の渋沢秀雄との鼎談（ていだん）では、次のように語っている。

〈私の場合はよく冷静だと人にいわれるんですけど、決して冷静じゃなくて、私は女房に惚れ過ぎるぐらい惚れちゃっていっしょになりました。（笑）〉（「素敵な女性」昭和五十四年十二月号）

それに対して斎藤に、作品同様、女性の問題でも非常に慎重だとにらんでいますと言われている。

一方の、ベタ惚れされた津村の側に立つと、どうなるか。

〈夫の求婚の強引さは、今思い出してもくたびれてしまう。ここと思えば、又あちら、というように行く先々に現われて、これは到底逃げられぬと覚悟し、小説を書かせてくれることを条件に結婚した。〉（「別冊文藝春秋」昭和五十一年九月号）

今で言えば、ストーカーだと疑われるのではないかと案じてしまう。一生を懸けようとした小説と同じように、思い込んだら一直線だったのか。

異性に対して、吉村は決しておくてではなかったようだ。

〈少年時代から現在まで、女性を見る時、この女と結婚したらどうなるか、と思うのが常である。つまり結婚相手として好ましいかどうかが、女性の価値判断になる。

少年時代から、ということを妻はおかしがり、ずいぶんませた少年だったのね、と笑う。〉（『縁起のいい客』文春文庫）

東京の下町・日暮里生まれの吉村は、五歳のときから映画館に通い、映画監督を夢見たこともあった。スクリーンに映る映画女優を見ても、お嫁さんにしたらどうだろうと想像をふくらませた。

結婚相手には理想とする一つの像があった。世話女房であるということだ。

〈世話女房という言葉は、男にとって実に快いひびきを持つ言葉だ。東京の下町に生れた私は、隣近所で、よく世話女房といわれている奥さんを目にした。いそいそと主人の身の回りに心を配り、亭主も頑是ない子供のようにそれに身をまかせている姿を目にして幼心にもああいう人をお嫁さんにしたいな、とませたことを思ったりしたものだ。〉（『蟹の縦ばい』中公文庫）

この女と結婚したらという空想の中で、世話女房型かどうかを見定める癖があったようだ。では、そういう女性と出会えたかというと、ある時期まで一人もいなかった。一生独身かも知れないと思っていたところ、めぐり合ったのが津村だった。

学習院大学の文芸部に入部するため、部室に入ってきた津村をひと目見て、

〈「大人びた女だなあ。こういうのと結婚したらいいかもしれない」〉（「週刊文春」平成十二年一月二十日号）と思ったことを明かしている。

出会いは一九五一年（昭和二十六年）で、吉村は二十四歳、津村は二十三歳。吉村は結核を思い（わずらい）、左の肋骨五本を切除する胸郭成形術を受けるなどして、大学の入学が遅れた。一方の津村も、短期大学に入学するまでは自立を目指してドレスメーカー女学院に通い、疎開先の埼玉県入間川町（現狭山市）で洋裁店を開くなどしていた。

互いにまわり道をしたからこそ出会った千載一遇の縁だった。

女学生の津村に対して、〈典型的な世話女房型であるという確信をいだいていた。〉（『蟹の縦ばい』中公文庫）というから、ストーカー顔負けの積極的接近は当然だったというべきか。

司は次のように証言する。

「父に言われました。結婚というのは、他の女は一切目に入らないという女性に出会ったときにするものだと。芸能人だろうが、道ですれ違った女であろうが、そんなものは一切視野に入らないというような。父は母と出会って、母しか目に入らなくなった。父の経験からの持論でしょう。結婚については、そういうすり込みがありました」

文芸部の委員長だった吉村は、いつも冗談を言って部員を笑わせていた。入学一年目にプロポーズされたときも、津村は最初冗談だと思って取り合わなかった。

結婚したら小説が書けなくなるので、一生結婚しないつもりだと津村が答えると、書けなくなるかどうか結婚してみないとわからないから、試しにしてみてはどうかと吉村は執拗に口説いた。吉村の初期の短編『さよと僕たち』などに登場する弟の隆も、自分が結婚するかのように熱く兄の後押しをした。

結核の大手術を受けているので、吉村は「左身状態良好ナルヲモッテ治癒セシモノト認ム」という診断書も津村に送っている。肋骨を失い、大学中退で定職なしの身ゆえ、必死だったのだろう。

晴れて一九五三年（昭和二十八年）、上野の精養軒で式を挙げた。

「司、死に水というのを知っているか？　臨終間際に、女房が自分の唇に水を含ませる行為だ。そのときに、やめてくれ、と思わないような女と結婚しろ、とも言われました」

つまり一生添い遂げても悔いのない女ということだろう。

結婚はこういうものだとすり込まれた司は、それが潜在意識にあったのかもしれない。自身の結婚は三十一歳のときだった。相手の女性が通勤で使う駅で始発から待ち伏せ、いきなり腕をとって「結婚しよう」とプロポーズした。

意を決したら、果敢にアタックする。それも吉村の影響だという。


世話女房とともに、結婚の決め手になったものがある。

笑い、だ。

吉村は中学の頃から寄席に通い、古今亭志ん生の大ファンだった。

「人間の頭のよさの基準は、学歴でも成績でもない。笑いにあるというのが、父の持論でした。動物で笑うのは人間だけで、高度な知能がなければ笑うことはない。家で晩酌を始めると、父は志ん生のレコードをよくかけてきいていましたが、『戦艦武蔵』の担当編集者の田辺孝治さんは、父とまったく同じところで笑った。

母も同じところで笑うんですが、父より0・5秒遅れて笑う。オレよりちょっと頭が悪いんだ、と言っていました」

吉村は随筆にも書いている。

〈冗談を口にする度に敏感に反応して笑う彼女に、好感をいだいていたのである。〉（『私の文学漂流』新潮文庫）。微妙なカンどころで笑う人間はおっちょこちょいで、おっちょこちょいの人間は頭がいいという吉村独自の論法もあった。

自身の妻に限らず笑いは重視していたようで、司の妻は結婚前に吉村家に出入りしていたときに、「君は笑いのセンスがいいね」と言われたことがあった。

吉村にとって、笑いのセンスは譲れないもののようだった。

冒頭の斎藤茂太らの鼎談では、いくらきれいでも頭がよくない感じの女性には惚れないと述べている。好きになるとすぐ結婚に結びつけたからか、生まれてくる子供のことを考えてしまうというのだ。子供の母親として、という先々のことを思い描いてしまう。

まず女房としてどうかを想像し、さらに母親としてはどうかを考える。女性に関しても非常に慎重という、斎藤の指摘もうなずける。

こうして数々の条件をクリアしてお眼鏡にかなったのが津村だった。

新婚生活は池袋の新築アパートでスタートした。

当時としては珍しい三畳と六畳の二間続きで、敷金が二十万円と破格だった。家賃は七千二百円。津村によれば、吉村が見栄を張ったのだという。

洗濯機はまだ普及していない時代だったが、結納金で洗濯機を買った。兄の紡績会社に就職した吉村の初任給が一万二千円のところ、洗濯機は五万円もした。そうして恵まれた二人の新生活が始まった。

それにもかかわらず夫婦ゲンカが絶えない毎日だった。

吉村と津村に限らず、結婚してこんなはずではなかったという夫婦は大勢いる。むしろ何もかも予想通りだったというほうが珍しいだろう。生活を共にすれば、外で着飾った部分だけではないところが見えてくる。見込み違いだったという後悔の連続が結婚だとも言えるかもしれない。

作家同士の二人は、それを書き残している。吉村も書いているが、津村のほうが断然多い。

たとえばこんな一文がある。

〈文芸部の委員長だったときのかれは、一番年長だったせいもあるのだろうが、統率力があって、文化祭などの企画も秀れており、授業に出ないくせに先生方からの信頼も厚く、なかなか頼もしく見えたものであった。

私に対しても親切でよく話を聞いてくれ、的確な判断を下してくれるまたとない相談相手

であった。〉（「婦人公論」昭和四十七年十一月号）

津村にとっては、有難い話し相手であり、小説を書く上でも得難い先輩だった。早くに父親を亡くしたこともあって、統率力や老成ぶったところのある吉村を頼りにしていた。それが夫となった途端、思惑がはずれることばかりだった。

中にはいささか驚くような記述がある。

〈夫は家長であるという意識が強く、私が何か口ごたえをすると、家鳴りするような大声で怒鳴って黙らせてしまう。

感情の起伏が激しくて、何が気にさわったのかわからぬことが多く、機嫌がとりきれない。私が留守をすると、子供たちも手伝いの少女も、夫の顔色をうかがってピリピリしてしまうらしい。〉（「別冊文藝春秋」昭和五十一年九月号）

「別れない理由」というテーマで、見開きのページに吉村と津村がそれぞれ寄稿したものだ。昭和の生まれにもかかわらず、心情は明治の男に近いと津村は書いている。

その寄稿だけを読むと、一体誰のことかと戸惑う読者がいるかもしれない。

編集者の間では、吉村は気配りの人という評判だった。冒頭の秋山の寄稿と合わせても、津村の随筆は温厚で気配りの人という吉村昭の像をくつがえすものだ。

逆に、家庭内で妻に対しては、ここまで素の姿をさらけ出していたのかと妙に感心してしまう。

若い頃の話だから、司には知る術はないだろう。

ここはぜひとも津村に語ってもらいたい。今年九十五歳になった津村は、耳が少し遠いことを除けば至って健やかで、今も週に一度ヨガ教室に通っている。

井の頭公園に隣接する現在の住まいは、吉村の死後に建て直して二世帯住宅になっていた。吉村は「死んだら無」と言い、無宗教なので仏壇や位牌はない。欅のタンスの上に大きな額に入れた吉村の写真を飾り、仏壇代わりにしている。毎朝吉村の遺影に、「最後の晩餐」となったコーヒーをデミタスカップで供えるのが津村の日課だった。

「ええ、気難しかったんですよ、とても」

津村は昔日を思い返すような表情で、亡き夫のことを語り始めた。

「原因がわかればいいんですが、何を怒っているのかわからないんです。神経がすごく繊細で、尖っているから。私のほうは鈍感だから（笑）。私が意味なく言った、ちょっとした言葉も気にさわることが多かったみたいで。些細な、こんなことで怒るのかというようなことで怒るんです」

怒っていることはわかるが、どの言葉や行為がなぜ気にさわったのかわからない。吉村から説明は一切なかった。

「議論して、意見の違いからケンカになるなら、まだわかるんですが……。機嫌が悪いというのも、むらっ気というか、癇性だから、突然爆発するんですね。いきなりモノが飛んできたりして。そういう怒り方をされると、私も頭にくるから……」

ある日、たまりかねた津村は家を飛び出した。行先は練馬に住む姉夫婦の家だ。津村は三姉妹の次女で、両親を早くに亡くしたため、姉夫婦が当主になり、生家の仏壇もそこにあった。津村にとっては実家のようなところだ。池袋から西武線で姉宅に向かった。

するとそこに吉村がいた。タクシーで先回りして来て、姉と談笑しているのだ。家出した津村が行く先は姉の家しかないとわかっていた。事情を知らない姉は義弟が遊びに来たと思ったようだ。

吉村の神経過敏なところを津村は随筆にも書いている。

〈夫は、人と食事をしていて、突然箸を置いてしまうことがある。例えば、猫のようにピチャピチャ舌をならす人がいる。又、歯の噛み合わせの具合なのか、妙な音がする人がいる。箸の持ち方の不様な人がいる。そうすると、たちまち食欲がなくなってしまうのだ。

言葉にも神経質で、嫌いな言葉を使うと、それだけでその人が嫌になるらしく、まして食事中に無神経な言葉を口にする人があると、もう何も食べられなくなるのだ。〉（『書斎と茶の間』毎日新聞社）

津村の自伝的小説『重い歳月』（文春文庫）にも、こういう記述がある。

〈桂策は紅茶茶碗を壁に投げつけて、家を出て行ってしまった。

桂策は感情が鬱屈して来ると、いつかそれは抑えようとしても抑え切れぬほどふくれ上り、爆発させるという形でなければ処理することが出来ない。〉

その頃、繊維関係の団体事務局に勤めていた吉村は、帰宅してから床につく深夜二時までが貴重な執筆時間だった。その際に赤子だった司が夜泣きをすると、「おい、なんとかしろ」

と怒声をあげた。津村は赤子をおぶって夜の町を歩き回った。

「そういう神経の細い人といるのは、くたびれちゃうでしょ？　特に若い頃は、ゆったりと二人で話をするということは、あまりなかったですね。一緒に暮らせないなと思うこともありました」

　別れようと思ったことはあったのだろうか。

「それはないです。もう我慢できないと思って家を飛び出すと、先回りして姉の家にいるんですから」

　そうして元のさやに納まる。吉村の作戦勝ちということか。

　二年の交際期間があったが、結婚前に気難しさはわからなかったのだろうか。

「それが、わからなかったんです。交際中はすごく感じがよかった。こんなに気難しい人とは思わず、結婚したんです」


　吉村の名誉のために記しておきたい。

　結婚後も津村に小説を書かせる約束をした吉村は、お手伝いを雇った。

　結婚七年目の一九六〇年（昭和三十五年）のことで、その年に長女が誕生している。吉村がまだ生活のために団体事務局に勤めていたときで、経済的に余裕があったわけでは決してない。

　最初は一人だったが、休みを交代でとれるよう、津村の郷里の高校の卒業生二人が住み込みで働くようになる。

津村が台所に入ると、なんのためにお手伝いが二人いるのだ、そんな暇があったら小説を書けと吉村は言った。掃除や料理といったことに時間を費やすな、週に一日ぐらいは朝から晩まで店屋物でもいい――とも。

津村が料理を習いに行きたいと言ったときも、吉村は反対した。家でうまいものを食べようとは思っていない、そんな時間があるなら本の一冊でも読めと言うのだ。

家のことは何もしなくていいから、仕事をしなさい。津村が仕事をしていれば、吉村は機嫌がよかった。

仕事を持つ妻としては、文句のつけようがない環境と言えるが、実はそうではなかった。

〈大変理解のある夫のようだが、かれの亭主関白ぶりは筆舌に尽し難い。家事はおろそかにしても寛大だが、かれの身辺のことには細心の心配りをせねばならない。仕事が詰って来ると、すぐホテルへはいる、と言い出すが、まず一晩以上は我慢できないのだ。〉（「婦人公論」昭和四十六年五月号）

「一晩以上は我慢できない」とはどういうことなのか。

ホテルでは、灰皿が吸い殻でいっぱいになったら自分で捨てなければならない。お茶が飲みたくなったら、自分でいれなければいけない。風呂に入るときは自分で湯をはり、湯加減をみなければならない。

つまり自宅では自分で何もせず、すべて妻の手を借りているのだ。何から何まで手がかかり、妻が手取り足取り世話を焼かなければならない。

原稿を書いていて調子に乗ってくると、津村が仕事中でも、煙草をとってくれ、何をとってくれと言うので、そばに行かないとも津村は語っている。

吉村も、〈この小説の主人公圭一は、まちがいなく私自身である。〉とあとがきで述べている自伝的小説で、妻にこう言われたと記す。

〈「あなたはね、工より手がかかるのよ。灰皿がそこにあるのに、春子春子と私を呼んでとらせるでしょう。なんにもあなたはしない人なのよ」〉（『一家の主』ちくま文庫）

「工（たくみ）」というのは長男の司のことであろう。気難しい上にものぐさでもあった。縦のものを横にもしない男だったのだ。


身辺のことさえ何もしないくらいだから、電気のヒューズが飛んだり、カーテンレールをとりつけるときなども、まったく役に立たなかった。そのために専門家がいる、というのが吉村の常套句だった。

「婦人公論」（昭和四十七年十一月号）の「告白　わが花婿その後の生態」という企画では、「ものぐさと神経質が露出した」というタイトルで、津村が寄稿している。そのタイトルもさることながら、結婚前と結婚後の吉村の写真が添えてあり、とても同一人物とは思えない変わり様に驚く。


結婚後の吉村の写真には、「現在は教授然とした吉村氏」という説明がある。その変貌については、「結婚サギのこと」という題で津村が記している。

〈結婚式の写真を見た人は、一様に夫の変貌の激しさに驚く。おずおずと私に、吉村先生とは再婚ですか、と聞いた人がいる。私が夫とは似ても似つかぬ男と、ウエディングドレスを着て並んでいるからである。

第一、夫は眼鏡をかけていなかった。結核を患ったから痩せていて、頬が削げている。それに何より、ややウエーヴした髪が鬱陶しいほどたっぷりとあった。ヒゲのそりあとが青々としていて、モンゴメリー・クリフトと自称していた。モンゴメリー・クリフトはどうかと思うが、初期のころの繊細な私小説を書いていたかれにふさわしい神経質そうな容貌をしていた。〉（『風花の街から』毎日新聞社）

吉村の中学時代の友人が卒業以来初めて家を訪ねてきたことがあった。吉村をひと目見るなり、「失礼しました。間違いました」と言って慌てて帰ろうとしたという。

閑話休題、想定外のことに話を戻そう。原稿を書きながら奇声を発する癖があるのも、一緒に暮らしてみないとわからないことだった。

結婚後にアパートを転々としていたときは、一つの机を二人で共同で使っていた。結婚祝いに同人雑誌の仲間が贈ってくれた桜材の机だった。

書斎を持ったのは、一九五九年（昭和三十四年）に西武線の東伏見に家を建てたときだが、スペースの都合で同じ部屋に背中合わせに机を二つ置いた。

〈ところが一緒に机に向っていると、かれは屢々、

「畜生め！」

「このやろーッ」
などと叫び、あーッと奇声を発したかと思うと、獣のようになり出すのである。ターザンとチータが同居しているが如くで、気が散ってかなわない。〉(同)
そのために津村は机がありながら茶の間の卓袱(ちゃぶ)台(だい)で書いていた。
〈どうも、僕は小説書きながら唸るらしいんだ。〉(「週刊文春」平成九年五月一・八日号)
と吉村も認めている。

結婚してからわかったことは他にもあった。

吉村が結婚のときに持って来たのは、弁当箱と小さなお釜とヤカンだけだった。吉村は前述の自伝的小説で、こう描写する。

〈「おれは無一文同然だ」

と、圭一は婚約中に春子に告げた。そして、春子も納得したようにみえたが、結婚後春子の告白によると、それが事実通りであることに唖然としたという。〉(『一家の主』ちくま文庫)

言葉の綾ではなく、実際無一文だったのだ。新婚のアパートに持ち込んだのは、〈お釜、薬罐、大型の弁当箱各一個と三千冊の書籍〉だと、吉村は随筆にも書いている。その書籍を売って引越し費用にあてていた。

正真正銘の無一文だとわかり、津村は驚いたと同時に不安にかられただろう。さらに無一文の上に、経済観念もゼロに等しいと指摘している。

〈結婚当初、池袋に住んでいたとき財布の中に百十円しかないというのに、五十円の地下劇場でやっているチャップリンのモダン・タイムスがまた見たいといい出し、帰えりに残金十円也で油揚を二枚買って夕食のおかずに焼いて食べた。空っぽの財布を振ってみせ、明日からどうするの、といったら、お前も一しょについて来たくせに文句をいうな、とすましていた。〉（「週刊サンケイ」昭和三十四年十一月二十二日号）

こんなはずではなかったということがこれだけあれば、「結婚サギ」と書かれても仕方ないのかもしれない。

吉村は「ペテン」と題した随筆にこう記す。

〈結婚したらばこちらのものだし、その上で徹底的に教育してやればよいのだ、と私は彼女の言葉など眼中になかった。〉（『味を追う旅』河出文庫）

吉村は世話女房との結婚を切望していた。そのために気難しさも、ものぐさであることもすべて隠し通した。結婚してしまえば、と考えていた。

一方の津村にしてみれば、大変な男と結婚してしまったという思いだろう。

どこかですり替わったのではないか、と津村は『さい果て』に書いているが、すり替わったのは風貌だけではない。流浪の旅の果てに、ここで死んでしまおうかと言うに至るまでの心の動きが、津村の自伝的小説にある。

〈章子は放浪の旅の間に、この男に添う限り、決して平穏な家庭生活は望めぬだろうということを、骨身に浸みて思ったのだった。それと同時に、そんな旅の間中、常に充ち足りた嬉しげな様子をしていた桂策と、ただ一日も早く帰京してアパートに落着きたいと思い暮していた自分との相違を、嫌と言うほど感じさせられた旅でもあった。〉（『重い歳月』文春文庫）求婚が激しかっただけに裏切られたような気がしたという記述もある。

よく、価値観の相違というが、行商の旅に出る前から、この男と添い遂げられるだろうかという不安があったのだ。それがさい果てへの旅で頂点に達した。

ふと「死」という言葉が口をついて出る境地に至ったのではないか。

津村が当時を思い返して述懐する。

「そのときお腹に司がいたわけですから。ここで死んでしまおうと言っても、子供を抱えたまま死ぬことになる。私が死にましょうかと言ったら、吉村は黙って海を見ていました。彼は死ぬ気なんてなかったから」

吉村は一年ぐらい北海道を旅するつもりだったと、共に芥川賞、太宰治賞を受賞した後の夫婦対談（「旅」昭和四十五年七月号）で語っている。

「根室の先の花咲では、借りられるような店なんてないんです。だからみかん箱を並べて、戸板を置いて、そこにセーターを並べて売っていました。私がネッカチーフをかぶっていて、その上に雪が積もって真っ白になっていた。それを見て吉村は、俺はお前に一生借りができたなと言いました。苦労をかけて悪いなと思ったんでしょうね」

司が補足して言い添える。

「食事のときに行商の話をすると、親父はやめてくれと言いました。要するに、辛いんですよ。おふくろにそういうことをさせたというのが」

北へと流れ歩いた行商の旅でも、二人は同人雑誌評が載る「文學界」だけは買っていた。反対に吉村の側に立ってみると、結婚して想定外だったのは津村が結婚後も小説を書き続けたことだろう。

津村の才能をもちろん認めてはいたが、結婚して家庭に入り、子供が生まれたら小説どころではないはずだ。典型的な世話女房型だと確信していたので、まめまめしく世話を焼いてくれる専業主婦になるだろうと予想していた。

「主婦でない妻」という題で、吉村は次のように記す。

〈結婚は私の方から申込んだが、妻は小説を書きつづけることに理解をもってくれるなら、という条件をつけた。私は、あっさりとその条件をうけいれた。なにを夢のようなことを言っている、家庭に入ればそんな気持は失せるはずだ、とたかをくくっていた。〉（「別冊文藝春秋」昭和五十一年九月号）

小説を書かせるという約束は、その予測の上に成り立っていたのだ。ところが津村は、子供が生まれても小説を書き続ける。

吉村が団体事務局に勤めていた当時のことだった。ある日の夕方帰宅してアパートのドアを開けると、おんぶ紐で赤ん坊の司を背負った津村が、茶簞笥の上に原稿用紙をひろげて、立ったまま万年筆を走らせていた。赤ん坊を寝かせると泣くので、仕方なく背負ったのだろう。

その姿を見て吉村は立ちすくんだ。

〈それを見たとき、「ああ、もうダメだ」と思った。そんなに一生懸命やってるのを、いくら亭主であろうと拒むことはできないじゃない。〉（「週刊文春」平成十二年一月二十日号）

この女は何があっても小説を書き続けると、そのとき観念したようだ。だから第二子の誕生と前後して、お手伝いを雇うことにしたのだろう。

家庭生活における吉村の見込み違いは他にもあった。

婚約中に津村は、「ご飯も炊けないし、お味噌汁も作れない」と言っていた。ところが、伊豆の新婚旅行から帰って、アパートの一室で迎えた朝の食卓には、ベーコンエッグや野菜サラダが並び、津村がとりすました表情で味噌汁を差し出した。

津村が口癖のように言っていたことは嘘だったのか。いや、嘘ではない。九歳で母親を亡くして料理らしいことも教わらず、結婚が決まるまで料理をしたことがなかったのは事実のようだ。

負けず嫌いの津村は、結婚までに密かに料理修業をしていた。料理雑誌を見て大学ノートにレシピを書き写し、ソースやドレッシングの作り方まで独学でマスターしたのだ。

〈……私の最大関心事は、「食べる」ことと「飲む」ことに集中されている。〉（『蟹の縦ばい』中公文庫）

という吉村にとって、これはうれしい誤算だろう。

後年、津村は二日に一度お手伝いと献立会議を開いていた。分厚い献立リストがあり、それを見ながら主菜と副菜を決めていく。料理に関して津村の座右の書は丹羽文雄夫人の『丹羽家のおもてなし家庭料理』（丹羽綾子著、講談社）で、津村は和洋中のおせちまで試して作っている。

日本の四季を愛で、伝統行事やしきたりにこだわった吉村は、食事も和食を好んだのではないかというイメージがある。ところが意外なことに、ステーキやタンシチュー、レバーやいくら、キャビアといった洋食や高カロリーのものが好物だった。

「くいしんぼう亭主」というタイトルで津村が記している。

〈そんな男を亭主に持ったために、私はのべつまくなし、食事のことに追われている。かれは朝食が終ると、昼は何を喰おうかなァ、と言う。昼食が終ると、晩めしは何がいいかなァ、と言う。夕食がすむと、明日の朝は何が喰いたいのかなァ、と言うのである。〉（『風花の街から』毎日新聞社）

編集者らと外で会食した吉村は、帰宅すると、「今夜の献立は何だった？」と必ずきいた。それが好物のものだと、一食損をしたような気分になったらしい。

〈亭主は丈夫で留守がよい、と言うが、わが夫は毎日家にいて、三度三度の食事と晩酌を楽しみにしているので、手のかかることこの上ない。〉（「別冊文藝春秋」昭和五十一年九月号）

なんのためにお手伝いがいるのだと言いながら、吉村が望んでいたのは愛妻の手料理だった。

「君は、小説さえ書いていればいいのだ」と言われて結婚した津村にとっては、これほどの誤算はなかったかもしれない。

津村の側で、想定外だったことは他にもある。たび重なる引越しもその一つだ。池袋の二間のアパートから、練馬の間借りに移ったのは、さい果ての旅から戻った翌年の一九五五年（昭和三十年）だった。行商に失敗し、家賃が払えなくなったからだ。

さらに練馬の家賃五千円も払えなくなり、同じ年に小田急線で多摩川に近い狛江の家賃三千円の一間のアパートに引越した。台所も手洗いも共同で、津村は畑の間を流れる川で洗濯をしていた。

その二年後には渋谷区幡ヶ谷のアパートに転居し、平均すると十ヶ月に一度の割合で引越しをしたことになる。

元来放浪癖のある吉村は、見知らぬ土地を旅するような引越しが大好きだった。

一方の津村にしてみれば、ようやくその町の生活に根を下ろし、商店にも馴染み、かかりつけ医もでき、隣近所とのつき合いが始まった頃にまた引越しとなる。敷金や礼金は無駄になり、引越し費用もかかり、転居に伴うあれこれの手続きも、もちろん津村がするしかない。

たびたびの転居に、津村はくたびれ果ててしまった。アパート暮らしをしている限り、吉村の転居癖は収まらない。小さくてもいいから自分の家を持ちたいと願うようになった。

一九五九年（昭和三十四年）に、津村の『華燭』が映画化されて、原作料三十万円が入った。「週刊新潮」に吉村が書いた『密会』も映画になり、原作料が二十万円だった。郵便貯金が二十七万円あった。

当時の小学校教員の初任給が八千四百円だから、かなりまとまった金額だろう。

津村はその機会を逃さなかった。司を妹に預け、毎日不動産屋の車に乗って土地を探しまわった。西武線の東伏見に分譲地を見つけ、五十坪を坪一万円で買って家を建てた。

ようやく定住の地を得たと思ったが、十年後に、そこに環状道路建設の話が持ち上がった。

またしても津村は不動産屋の車で土地を探した。

〈その土地は井の頭公園に隣接していて、まだ引揚げ住宅のような会社の社宅が建っていたが、吉祥寺の駅からの近さと、自然を残す広大な林に囲まれているのが気に入って、私はここ以外にない、と独断で決めた。〉（『ふたり旅』岩波書店）

津村はその場で二区画購入すると言った。百五十坪で坪十八万円だった。

これは吉村にとって想定外だったが、女房の土地勘はいいと、のちに編集者に語っていた。

終の棲家となった家にはいつも人が集まった。

大学時代の友人や同人雑誌時代の仲間、そして担当編集者。類は友を呼ぶのか食べることと飲むことが好きな同類が多かった。

狩猟が趣味の友人から、ウサギとタヌキを持参するという連絡があり、急遽「ウサギとタヌキを食べる会」が開かれた。編集者から渡り蟹を持って行くという電話で、「渡り蟹を食べる会」も催された。

吉村家では、終戦記念日と関東大震災の震災記念日には、すいとんを食べる習慣があった。二人が結婚して以来続いている年中行事で、そのすいとんを食べたいと友人が訪ねてくることもあった。

来客をめぐって夫婦で諍いになったことがある。中学生になった司が覚えているのは、犬の飯をめぐるケンカだ。

「編集者が家に来て、酒を飲んでいたとき、締めのお茶漬けを父が犬用のご飯で出しちゃったんです。それを知った母が、お客さんに犬のご飯を出したのかと。母は父を問い詰めました」

その日、津村は書き下ろしの原稿を抱えていたが、吉村が客を招くと言い出した。日曜なのでお手伝いの定休日だった。津村は料理を作ってもてなしたが、前夜は徹夜に近かったため二階で転寝をした。

その間に、吉村が犬用の飯でお茶漬けをふるまってしまったのだ。津村が責めると、吉村は癇癪を起した。津村が「犬も喰えなかった話」というタイトルで随筆に書いている。

〈夫は癇癪を起して丼を投げ出し、二階へ上ってしまった。私はむやみに気が高ぶって、泣き出したら止らなくなってしまった。冷静になれば実にくだらないことなのだが、人に、家庭的なことは駄目だと思われたくない虚勢と、仕事の面では夫にかなわないという劣等感に加えて、女はハンディがあるという被害意識がからんでいたのであろう。〉（『風花の街から』

毎日新聞社）

　司が続けて語る。

「食い下がった母に、お前、随分偉くなったな、と父は言いました。母にしてみれば、お客さんに申し訳ない気持ちがまずあって、吉村家で犬の飯を出したというのはプライドが許さなかったのでしょう。お客さんに、あれは犬の飯だったと言うと言い出したんです。そしたら父が怒りました。みんなうまいと言ってたのに、なんでそんなことを言う必要があるのかと。どうせ酔っ払いだから、犬の飯だろうがなんだろうが、わかりゃしないんです。そのときは父の言い分が正しいと思いました」

　翌日になって吉村は、犬の飯を食べさせたのを愉快に思ったのか、自分から客人に電話をかけて犬の飯だったことを告げている。

　このときだけでなく、吉村は津村の仕事の都合をきかずに客を招くことがあった。

〈思い立ったら待ったなしの男である。〉（同）と、津村が吉村の気性を代弁している。

「若い頃は、夫婦ゲンカとかいろいろあって大変だったようですが、三十代、四十代と年を重ねて、二人とも大人になっていったんじゃないでしょうか」

　と司は両親の歴史を振り返る。

　井の頭公園のそばに終の棲家を建てたのは吉村が四十二歳のときで、その頃には収入も安定し、暴力沙汰のケンカにまでは至っていない。言いくるめて結婚したほどだから、吉村は口は達者。津村も負けてはいない。ああ言えばこう言うという口ゲンカに変わっていったが、それも次第に減っていった。

そのあたりのことは吉村が書いている。

〈男と女が全くちがった種属であることに漸く気づいたのは、最近になってからである。同じ人類には違いないが、霊長目オトコ科、霊長目オンナ科とわけられるべきであろう。

結婚してから十二年間、私たち夫婦はよく飽きもせずケンカをしてきた。私の方からいえば、一プラス一は二というような当然すぎるほど当然なことを口にしているのに、妻の方は一かける一は一じゃないの、などとおよそ見当ちがいなことを口にして反撃してくる。つまり、互に全く会話が通じあわないのである。男と女が、犬猫の差ぐらいに異なった種属であるからなのであろう。〉(『月夜の記憶』講談社文庫)

だから意見が合わなくて当然だった。意見が一致することはない相手と、ケンカすることがばかばかしくなったというのだ。

吉村の随筆集に『蟹の縦ばい』という作品がある。そのタイトルは、男の目が現在、過去、未来と縦の線に向けられるのに対し、女性の目は現在のみで、それも自分の現在位置から横へと向けられているという吉村の観察による。蟹のように横ばいする女性の視点に対して、男は「縦ばい」なのだ。これも男と女の違いで、夫と妻というのは永遠に理解し合えないものだという。その諦観の上に立てば、

〈喧嘩しても、いつかは仲直りするのだから、ここらでいい加減にやめようということにな

る〉。互いに長所短所を認め合い、暮らしていこうとなる。

津村が芥川賞を受賞した年に、二人はそろってテレビ出演した。

夫婦で講演はしないなどのルールを設けていた二人が、そろってテレビ出演したのはこのときが最初で最後だ。芥川賞受賞の翌朝で、『木島則夫モーニングショー』（ＮＥＴテレビ、現テレビ朝日）という番組だった。

奥さんとしての津村の採点をきかれ、

「百点。申し分ありません」

と吉村は答えた。一方の津村は、

「吉村は文学者としては百点だけど、夫としては五十点くらいかしら」

と言っている。

前述の随筆「別れない理由」でも、津村はタイトルを「五分五分」とし、自分が辛抱していること以上に相手も耐えていることが多いはずで、小説を書かせるという約束を守ってくれているだけでも希少価値だと結んだ。

別の随筆では、二人の場合は夫でない夫と妻ではない妻の共同生活であるとし、

〈我々の場合、夫らしい夫を妻が求めたり、妻らしい妻を夫が求めたりしたとき、この均衡が破れて、本当の危機が来るのかもしれない。〉（『風花の街から』毎日新聞社）

と記している。

歳月を経て、ようやく二人だけの調和が生まれたようだ。

吉村の晩年の闘病と最期を描いた津村の小説『紅梅』（文春文庫）に、

〈夫は、育子の着る物についてうるさく、常に身ぎれいにしていないと気に入らなかった。どんなに忙しくても、髪をふり乱したりは出来ない。エプロンをして台所へはいるのも嫌がった。〉

という記述がある。これはどの程度現実を反映したものなのだろうか。

司によると、今も津村に訪問の予定を伝えると、津村は口紅をさして待っている。身だしなみだからだという。

「それは父の影響ですね。母が髪をふり乱して……という姿を見たことがない。家にいるときも、いつも化粧をしていました」

津村は今でも髪を染めることなく、艶やかな黒髪を保っている。

たまに白髪が一本はえると、吉村が嫌がって毛抜きを持ってきてすぐに抜いてしまったというエピソードを、私が『食と酒　吉村昭の流儀』『吉村昭の人生作法』に書いたところ、読んだ人に驚かれた。

「抜かないでよ、白髪になったら染めるから」と津村が言っても、吉村は抜いてしまった。白髪が目立つようになったら染めるのが一般的な感覚だろう。ところが吉村は、愛妻にたった一本の白髪があることも許せなかった。津村が美容院に行って髪形を変えてくると、見過ごすことなく、似合っていれば必ずほめた。

吉村は自身の服装にこだわりはなかったようだが、妻の装いには関心を示した。

〈君も考えてみると、いい服装をするようになったね。白いコートなんて傑作だ。黄色い服も好きだ。〉（津村『果てなき便り』文春文庫）

と妻のコーディネートに感想を寄せている。

一九五九年（昭和三十四年）に、初めて芥川賞候補になった『鉄橋』が「文藝春秋」に転載され、九万円弱の原稿料をもらったときは、津村に二万円近いアストラカンのコートを買い与えている。当時、アストラカン・コートが流行していたのだ。

昭和ひと桁世代で、妻の身なりにここまで関心を寄せる夫がいるだろうか。普段からそうだったのか、再び津村に尋ねると、

「うちにいるときも、私が身ぎれいにしているほうが、吉村は機嫌がいいんです。なりふりかまわないような、いい加減な格好だと嫌がる。美容院に行くのも喜んで、行っといで、行っといで、と。帰ってくると機嫌がよかったですね。何か買いたい物はないか、ほしい物はないかとよくきかれました。一緒にデパートに洋服を買いに行くこともありました。私があれこれ迷っていても、早くしろなんて言いません。お客さんが坐る椅子に腰かけて、買い物が終るまで待っていてくれました」

意外だったのが、吉村が赤やピンク、花柄などの華やかな服を好んだということだ。

〈男ばっかり6人兄弟で、家に赤いものがなかったので憧れがあるらしいのね。〉（「クロワッサン」平成十五年三月十日号）

と津村は述べている。吉村は九男一女の八男で、二人の兄は幼時に亡くなり、一人の兄は戦死。唯一の女きょうだいも吉村が四歳のときに病死した。

好みがわかっていたので、津村は吉村が気に入る服ばかり着ていた。亡くなってから黒などのモノトーンを身につけるようになった。結婚前に洋裁店を経営していた経歴からも、洋服のセンスはプロ並みだ。私がインタビューで訪問したそのときも、色白の肌が映えるシックな黒の装いだった。

津村は自伝的小説にも書いている。

〈育子は夫の好んだ華やかな服はすべて処分して、灰色や黒を基調としたシーズン毎の服を何着か買った。出かけるのは日常の買物か、病院の眼の検診ぐらいである。〉（「声」『遍路みち』所収　講談社文庫）

吉村の洋服の好みは徹底していたようで、落着いた色合いの服を好む司の妻にも、「赤を着せる会を作ったよ」と冗談交じりで言ったことがあった。

お茶の稽古に通っていたこともあって、津村は着物を着る機会もあった。地方講演に行った吉村が好みの反物を買ってくることもあり、それを仕立てて津村は身に纏った。

吉村は、夫婦であっても妻には常に新鮮な存在でいてほしいという男の理想を津村に求めた。化粧もせず、髪をとかすこともなく、毎日同じような服ばかり着ている妻は論外だった。

〈夫が妻に愛情を持つのは、むろん、異性としての魅力を見出しているからである。（略）私にとって彼女は、女房というより恋人に近い。結婚後十三年もたつのだが、彼女からは

その年月が感じられない。彼女は、いつまでたっても娘時代の他愛ない幼さを持っている。〉
（『蟹の縦ばい』中公文庫）

これは「さか立ち女房」というタイトルの随筆で、その題は次のエピソードによる。

吉村がある日帰宅すると、津村が部屋の隅で逆立ちをしていた。友人にすすめられた健康法なのだが、吉村に気づくと狼狽して横に倒れた。頬が赤く染まっていた。

〈「亭主なんだから恥しがることなんかないじゃねえか。水臭えぞ」
と私は言ったが、そんな彼女が私にはひどく好しいものに感じられるのだ。〉（同）

夫婦であっても羞恥心を失っていないのだ。新宿の馴染みのバーや、長崎の行きつけのおでん屋に津村を連れていくと、愛人に間違われた。所帯じみたところがないからだろう。

吉村が亡くなったあとも、津村は身だしなみを忘れることはない。今でも司がカメラを向けると、「ちょっと待って」と言って帽子をかぶり直す。

「愛してるとか、きれいだよとか、父は母にしょっちゅう言ってましたね。いちばん多かったのは、きれいだよ、でしょうか」

愛妻への愛情表現はとても豊かだったようで、司の妻にも「うちの奥さん、きれいでしょ？」としばしば言っていたという。

長崎県人クラブが発行する「長崎倶楽部」の巻頭インタビューでも、きかれてもいないのに、「女性はぼくは女房がいちばん好きですけどね」と出し抜けに発言している。

微笑ましさを越えて、不可思議な感じさえ受ける。冷静と熱情、高踏と通俗、温厚と癇性……。この相反する振幅の大きさが吉村昭という人間なのだろうか。

ともあれ、妻がいちばん好きであることだけは揺るがなかった。旅先からの手紙でも、津村への賛辞を惜しまない。

〈貴女は人間的に素晴しい。女としても、僕には分に過ぎたひとです。〉

〈愛情は尊敬だと僕は信じていますが、僕は貴女を尊敬し、惚れています。〉（共に『果てなき便り』文春文庫）

次の章では、吉村昭の父親としての素顔を掘り下げてみたい。

第二章　あまったれのおとうさん、妹みたいなおかあさん

吉村と津村は、結婚二年後の一九五五年（昭和三十年）に長男の司、その五年後に長女の千夏を授かった。

子育てについて、吉村は次のように書いている。

〈子供がうまく育つかどうかは母親次第、というのが私の持論である。幼児の折から母親がしつければ、立派な人間として成人する。〉（『わたしの流儀』新潮文庫）

子育てに父親は必要ではないとも受け取れる。そう述べる吉村のことを、

〈仕事以外は念頭にない男〉（『風花の街から』毎日新聞社）

と津村は言い、吉村自身も、

〈時間のすべてを小説執筆のために費やしたい私は……〉（『縁起のいい客』文春文庫）

と記している。ゴルフなどの運動はもちろん、講演も雑事とみなし、義理がある場合を除いて引き受けることはなかった。観劇の招待券が送られてきても興味を示さず、年を経てからは冠婚葬祭もなるべく辞退するようになった。

その持論や流儀から、子供のことは妻任せだったのではないかという印象がある。小説の執筆を最優先する吉村にとって、子供にかかわることも雑事だったのではないか。

実は、そうではなかった。

吉村昭の魅力の一つは意外性にあると思うのだが、たとえば『戦艦武蔵』などの記録文学の大作を書く一方で、食と酒について滋味深い随筆を手がける。感情を押し殺した小説の文章に対して、随筆では「人情」という言葉をしばしば使っている。

私生活でも、印象を裏切るような意外な一面を次々と見せてくれる。

第一に、吉村は実に子煩悩な父親だった。

吉村が行きつけだった吉祥寺の「みんみん」で、名物の餃子を口にしながら司が回想する。

「小学校にあがる前の幼稚園の頃から、新宿のバーによく連れて行かれました。母が編んだ毛糸のベレー帽をかぶって。かわいい、かわいいって、店の女性にめちゃくちゃもてました。大人になってから父と行った回数より、子供の頃に連れて行かれたほうが多いと思います。子供を人に見せるのが好きだったのか、自慢したかったのか……」

若い頃、新宿に勤め先があった吉村は、〈その界隈で百近くの飲み屋を知っていた。〉（『味を追う旅』河出文庫）が、そのうちの十軒に司は連れて行かれた。ＢＡＲ　ＲＩＤＯという店の名前を覚えている。かわいい！　と言われながら、司はカクテルグラスに盛られたサクランボのシロップ漬けを食べていた。吉村が店でお金を払わないのを、子供心に不思議に思った。その頃の支払いはツケで、「この間の分、まだ残ってますから」と店の人に言われたりしていた。

「私は覚えていないんですが、小学校に入った頃に、父に会社に行ってほしいとさかんに言っていたようです。友達の父親は朝、背広を着て会社に行くのに、うちの父親はずっと家にいる。大丈夫なのだろうかと、子供心に不安を感じていました」

吉村は子供のしつけにも熱心だった。怒るときは厳しく怒った。

「体罰はありましたよ。おふくろと同じで、殴られて気絶したこともありました。茶碗などを投げられて、それをよけたら部屋のガラスに当たって割れたり、障子の桟が壊れたことも」

怒られた理由は何だったのか。

「それがわかんないんですよ。いきなり怒り出すんです。だから怒られたという記憶しかない。なぜ怒っているのか、という説明があまりなかった。というより、ほとんどなかった。そもそも普段から、突然、アレ、どうなった？　とか言うんです。言われたほうは、なんのこと？　となる。父の話には主語や目的語がないんです」

なぜという説明がないのは、津村の回想と同じだ。今思うと……と、司は思案するようにつけ加えた。

「死に物狂いで小説を書いていましたからね。根を詰めている状態というのは、何を考えているのか、思考の過程は常人にはわからない。父にしてみれば、数時間前からずっと考えていたことで、我慢に我慢を重ねて、最後の最後に爆発しかないと怒ったのかも。前段階がわかれば、それは当然怒るよねということになったのかもしれません。それがいきなり怒るから気難しいということになってしまって、本当はシンプルな人だったのかもしれません」

吉村の影響なのか、そういうところが自分にもあると司は言う。

子供のしつけについては、吉村に明確な持論があった。

〈少くとも十歳までは、子供は、犬を調教するように時にははたき、人間としてのしつけを身につけさせなければならない。中学校から高等学校へ行くようになって非行化しても、それを改めさせることは容易ではない。幼犬の頃からしつけなければ良い成犬にならぬように、子供も幼い時からしつけなければ、一人前の大人にはならない。その時期をのがしてしまえば、犬は駄犬になり、子供も手に負えぬ人間となる。〉（『私の引出し』文藝春秋）

吉村にとって、子供のしつけは犬と同列なのだ。

〈しつけをしないと、どんなにいい血でも駄犬になっちゃいます。〉（「総合教育技術」昭和四十七年九月号）

とまで述べている。幼い司にはわからなかったかもしれないが、吉村が怒る理由はあった。

〈……夫は、嘘を言ったとき、約束を破ったとき、卑怯なことをしたときにはきつく叱る。特に男の子には厳しく、風呂場へ連れて行って頭から水をかけたこともあった。〉（「婦人公論」昭和四十六年五月号）

吉村もそのことに触れている。

〈宿題をしなかった小学校三年生の息子に、私は、衣服を脱げと命じて頭から水をぶっかけた。社会のきびしい風波に堪えられる人間にしてやりたいからだ。〉（「週刊朝日」昭和四十三年八月九日号）

厳しいしつけというのは夫婦で共通していたようで、

〈子供は厳しくしつけなければならぬものだということでは、妻と私の考え方は一致している。〉（『月夜の記憶』講談社文庫）

子供を叱ることに関して、吉村にはトラウマがあった。紡績と製綿会社を経営していた吉村の父親は厳しい人だった。

〈そういう父親で、何かあるとどなるわけですよ。それで立ち上がるとぶんなぐられるだろうと思って、庭からはだしで飛び出していったり何かするんです。（略）

そういう恐怖感があるものですから、男の子は父親のことを常に憎悪しているんじゃないかみたいな考え方があって、ひっぱたいたあとはやっぱりちょっと気になりましたね、（笑）〉（「総合教育技術」昭和四十七年九月号）

父親に対する印象は年齢と共に変わっていき、晩年には、

〈生きる道は異なっていても、真摯（しんし）に一筋の道を生きた商人の父の仕方は、私の道にも通じている。商いに徹していた父が、私の師表とするものに思えてもいる。〉（『わたしの普段着』新潮文庫）

と書いている。それでもトラウマは根強くあったようで、津村によれば、風呂場で頭から水をかけたときは、これで子供には憎まれるだろうと哀れなほどしょげていたらしい。

〈夫は、父に対する親しみを全く持っていなかったので、自分の子供たちにはいい父親と思われたいと思うらしく、涙ぐましいばかりの努力をする。

まず第一に、子供と一しょになってよく遊ぶ。怖い父だと思われぬために、おどけたことを言って笑わせる。〉（「婦人公論」昭和四十六年五月号）

吉村は下町育ちということもあって、ベイゴマや凧揚げなど、子供の遊びはお手のものだった。司が覚えているのは相撲だという。誕生日やクリスマスには伊勢丹に行き、子供たち

はおもちゃを買ってもらった。家族の記念日に外食もあった。

　熱海の後楽園ホテルは吉村家の定宿で、吉村の短編にも登場する夏の花火のときは、高層階の角部屋で頭上いっぱいに拡がる大輪の花火を観賞した。熱海の老舗レストラン「スコット」のハンバーグは、司にとって吉村と一緒に食べた思い出の味だ。中学生になってからは、夏は『星への旅』の舞台となった三陸海岸の田野畑村に行くのが恒例行事だったという。

　父親として女の子には特に甘かったようで、昼寝をするときは長女に手を握ってもらった。長女は小学二年のときに、次のような作文を書いている。

〈「うちのおとうさんは、おひるねのときわたしにそばにいてくれといいます。そして、わたしの手をにぎっていると、すぐねます。わたしはあそびに行きたいのですが、おとうさんがねむるまでがまんしています。ねむったと思っても、手をはずそうとするとおきてしまうので、くしんします」〉（同）

　担任の若い教師は、「あまったれのおとうさんですネ」という感想を書き添えている。甘ったれの父親が、ベストセラー『戦艦武蔵』の作者だとは知らなかったかもしれない。


　吉村は教育熱心な父親でもあった。

「小学校に入ったとき、父がたくさんドリルを買ってきました。やれと言われても、全然できない。勉強しろと、よく言われました。父も母も、勉強はできたと思いますからね。私は勉強ができなかったので、心配かけたと思いますよ」

司が小学一年のときに、家の近所に青桐学園という学習塾ができた。塾の名前は吉村の命名で、司はそこに通うようになった。小学二年の三学期に、司は公立の小学校から、私立の明星学園に転校した。青桐学園の園長の推薦だった。

「普通、学年の途中で学校を変えないでしょう。父としては、今のままこの学校にいても、という危機感があったのだと思います」

危機感というのは、次のようなことだ。

司が通っていた公立の小学校で、授業で作文を書いた。司の作文を教師はまったく評価しなかった。それを読んだ吉村は「お前は天才だ」と言った。つまり教師がわかっていないと言うのだ。子供が通う学校としてふさわしくないのではと危ぶんでいたところ、青桐学園の園長から紹介されたのが明星学園だった。

その頃一家は東伏見に住んでいて、司はバスに乗って吉祥寺にある明星学園に通った。

「私立で、少なくとも公立の学校とは違います。無着成恭(むちゃくせいきょう)さんたちがいて、個性的な教育をするところで、私にとってはおもしろい学校でした。明星に行ってよかったと思います」

明星学園は大正自由教育の学校として大正時代に創設された。学園では宿題も成績表もなかった。子供の自由を第一に考え、休み時間に学校の外に出て、買い食いをすることも黙認した。

授業も独特だった。たとえば地球は丸いと言っても、子供には実感としてわからない。丸く見えないと、ある生徒が言うと、先生は一緒に校庭に出るように指示した。縄跳びの縄を二本つなぎ、一方の端を校庭の土に埋め込み、それを軸にして大きな円を描いた。そこへ三十センチのものさしを持ってきて、円の一ヶ所にあてて見せた。ものさしはどこにあててもまっすぐで、それは球が大きいからだ。地球はあまりにも大きいので、丸く見えないのだという教え方をした。

自由な校風で司はのびのびと育った。司の飾らないオープンマインドの性格は、その頃育まれたのかもしれない。

「でも父は、このままいくとアート方面にはいけるかもしれないけど、大学受験で苦労すると思ったんでしょうね。六年生の三学期に、もう学校に行かなくていいと言われました。学校には行かず、家庭教師をつけて、勉強させられました。一日六時間の勉強です。生涯で、あのときがいちばん勉強しましたね」

その結果、桐朋中学に合格した。補欠ですが、と司はつけ加える。

子供の個性や才能を伸ばせないと思うと学年の途中でも転校させ、将来に差しさわりがあると判断すると、ただちに軌道修正して家庭教師をつける。その結果大学に進学し、企業に就職というコースは踏みはずすことなく、個性も育むという目配りのきいた教育方針だった。

「それは父の判断ですが、子供の教育に関して夫婦ゲンカはなかったです。教育方針は一致していたと思います。子供のことはよく見ててくれていましたね。子供に対して、気は抜いていなかったです」

司は桐朋中学、桐朋高校と進み、上智大学に入学する。小学生の頃は学校帰りに吉祥寺の「いせや」で焼き鳥を食べ、中学の頃は必ずゲームセンターに立ち寄る、自由な子供時代だった。

「大学生のとき、将来の生活に不安はないかと、父にきかれたことがあります。私が『ない』と答えると、すごく驚いていました。父は大病もあって、大学は中退。生活をすることがものすごく大変で、常にその不安を持ち続けていました」

大学を中退した吉村が、どこかの会社に就職するのは容易なことではなく、兄たちの世話になった。最初は三兄の会社に就職するが、小説を書きたいがために退社する。ところがメリヤス製品の行商に失敗し、次兄のつてで繊維関係の団体事務局に再就職した。そこを辞めたあと、三度目に就職したのは次兄の繊維会社だった。

会社勤めと退職を繰り返し、生活の不安と絶えず戦っていた。

大学を卒業した司は三菱電機に就職する。司の就職に関しても、吉村は気にかけていたようで、この企業なら紹介できるというリストを手渡された。小説の取材で幹部と知り合いになっていた会社だった。

「私の就職先を考えてくれていたのは明らかです。『戦艦武蔵』の三菱重工とか、『光る壁画』のオリンパスとか、ぜひ息子に会ってほしいと頼んだら、面接ぐらいしてくれるだろうと。それくらい心配してくれていました。でも私の大学は就職に不利な大学ではないし、父のコネを使わなくても就職できる自信があったので、自分でするからと言いました」

父はがっかりしたと思いますよ、と司はつけ加える。

そうして就職した会社を、司は五年で辞めて転職する。三菱電機からソニーに移るのだが、この経緯が傑作だ。三菱電機時代のゴールデンウィークに、ソニーの会長秘書をしている友人らと伊豆にテニス旅行に出かけた。携帯電話もメールも、まだない時代だ。ソニーの会長の盛田昭夫と秘書は、休暇中でも留守番電話を使って仕事の連絡をしていた。その留守番電話に、司が悪戯電話を吹き込んだのだ。テニスの短パンをはいた会長秘書の脚がいかに美しいかという描写を延々と。

それをきいた盛田が司に会いたいと伝えてきた。ソニーの本社で盛田はこう述べた。

「うちの社長、知ってますか？　大賀（典雄）と言いまして、あれは芸人でして。変わった人間がイキイキと仕事ができるのが我が社です。人事部には変わった人間を採れ採れと言ってますが、成績優秀な人ばかりが入ってくる。留守電をききました。あなたは芸人のようだ。ソニーに来ませんか」

今でこそ転職は珍しくないが、当時はまだ終身雇用が主流の時代だった。司は転職を決意するが、吉村は複雑だった。

「そもそも転職って、何？　という感じじゃなかったでしょうか。この世に転職ということがあるんだ、ぐらいの驚きだったと思います。今の会社を辞めてすぐ次の会社に移るというのは、父の中でイメージが湧かなかったでしょう。転職するなとは言われませんでしたが、それくらいの驚きようでした」

司の転職については、吉村も随筆に書いている。血縁関係にある青年が、将来にかかわる重要なことで意見をききに来たという書き出しだ。

その相談に対する回答が、司への反応といささか異なっている。

〈話をきいた私は、こんな答え方をした。現在の会社を去ることに申訳ないという気持をいだくのは、人間として当然のことである。勤務五年というのは、まだ修業期間であり、会社はかれに多くのものを注いでいて、退社はその恩義にそむくことでもある。

しかし、人間は、自分を生かすために一生のうちに一度か二度は、そのような申訳ないことをするものである。まだ若いのだから、自分に忠実に動くべきだ、と。〉（『わたしの流儀』新潮文庫）

最初は驚いた吉村だが、自分を生かすことを第一にと考え直したのだろうか。

そうは言っても、吉村は大企業に勤めたことがなかった。何事も慎重な吉村は、意見したあとで心配になったのだろう。大銀行の副頭取をしている中学時代の友人を思い出して、電話で判断を求めている。

では母親の津村は、子供に対してどんなしつけをしていたのか。

「普通の母親が言うような、細々としたことを言ってたと思います。御託（ごたく）のようなことが、無数にあったと（笑）」

津村と司のことは吉村が書いている。

やり合っている。

〈しかし、妻は私を叱りはしないが、子供とはよく喧嘩をしている。殊に長男とは、大声でやり合っている。

　議論が一致しないと、妻は長男を連れて私の書斎にやってくる。そして、自分の怒っている理由を述べ、長男がこのような不埒（ふらち）なことをしたと告げる。つまり妻は私に「言いつけ」ているのである。〉（『月夜の記憶』講談社文庫）

　そんな妻をどことなく子供っぽいと述べながら、次のようにも記す。

〈彼女は、よく十一歳の長男と角力（すもう）をとる。「負けるものか」と、キャアキャア言いながら、真赤になって長男と取っ組み合う。勝負は、今のところ一対一といったところだが、そんな彼女がほほえましい。〉（『蟹の縦ばい』中公文庫）

　ブルース・リーの映画の影響か、津村が司に回し蹴りをすることもあった。津村が本気で腹を立てて、二、三日司と口をきかないことがあっても、息子のほうは素知らぬ顔で相手にしていない。吉村は津村のことを、女房というより恋人に近いと述べたが、司は「変なおふくろ。まるで妹みたいだよ」と母親をからかうこともあった。

　さらには肉親を超えて、異性を感じるような場面もあった。

「東伏見に引越して、母が小さな庭ではさみを使って紫陽花の花を整えていました。お母さんは、紫陽花が大好きなの、と言って。紫陽花は確かにきれいかも知れないけど、庭に自然に咲いている花で、大好きなのっていう感覚は男にはない。そのとき異性を感じましたね。

　あともう一回は、女流文学賞の授賞式のときでした。母は着物を着ていたんですが、少女のようにかわいいと思った。息子から見て異性を感じたのは、その二回ですね」

自慢の母親だったのかと尋ねると、「まあ、そうでしょうね」と司はうなずいた。授業参観のときに着物を着てきてほしいと頼んだこともあった。

「男にとって初めて接する異性は母親で、母親から女性観の影響を受けることはあるでしょう。反面教師になって、母親とは全然違うタイプと結婚するとか。まあ、仮に母と出会ったとしても、結婚相手ではなかったと思いますが」

津村からは毎年バレンタインデーにチョコレートが届く。司が大学生のときから続いている恒例行事だ。

紫陽花に限らず、津村は庭に咲く花をめで、そんな妻を吉村はいとおしんだ。

〈庭に出て枝を見上げたり、しゃがんだりして花を見るのが楽しみで、そんな私を書斎の窓から見ている夫が、

「花の好きな女だなあ」

と言っていた。その口調は呆れ気味ではあるが、好ましく思っているように聞えた。〉

（『紅色のあじさい』鳥影社）

花の好きな女だなあ、という吉村のつぶやきは、この上ない愛情表現にきこえる。

吉村の元担当編集者の話で、こんなエピソードがある。

〈「単行本の相談をしていると、先生が庭にちらちらと目をやって。やっぱり早く書斎に戻りたいのかなと視線の先を見ると、白い帽子の津村先生が咲き終わった胡蝶蘭を一株ずつ植

木鉢に植え替えていたんです。『そういうことするんだよね、あの人は』って先生、満足そうなお顔でした」。〉（「週刊文春」令和四年三月二十四日号）

満足そうな吉村の表情まで目に浮かぶようではないか。

井の頭公園に隣接する家を建てたとき、公園との境目にはカナメモチを植えて、それが垣根になった。それから九年後に離れとして建てた吉村の書斎の脇には、満天星（どうだんつつじ）や紫陽花、しゃくなげやくちなし、沈丁花（じんちょうげ）ややぶ椿などを寄せ植えにした。

夫婦で三鷹のＪＡ（農協）に行き、庭に一年中花が咲き続けるようにと、開花の時期をききながら樹を選んだ。

吉村が亡くなったあと、離れの書斎は二〇二四年（令和六年）に「三鷹市吉村昭書斎」が開館予定の三鷹市に寄贈されたが、しだれ桜と紅梅のシンボルツリーはそのままにある。吉村が好きだった紅梅は書斎からも見えるようになっていた。津村の小説『紅梅』はこの梅のことを書いている。花の盛りのときに、「うぐいすが鳴いているよ」と書斎の内線電話で吉村が知らせてきて、二人でそっと庭に出て見たこともあった。

津村は幼くして母親を亡くし、家には父方の祖母が母代わりに同居した。

その祖母から、外へ出かけるときは、下着はきれいに洗ったものを身につけることなどを教わった。外ではどんなことがあるかわからないから、汚れた下着を着ていると恥をかくと、すり込むように言われた。それが身について結婚してからも、夜風呂に入って下着を替えても、出かけるときはまた取り替える癖がついた。

〈そういう教育って、いままったくないでしょう。〉（「青春と読書」平成二十年七月号）と津村は述べる。さらに津村が通った東京府立第五高等女学校では、礼法と家政が他の科目と同様に重要な科目になっていた。その授業で掃除の仕方や靴磨き、水引のかけ方やお金の包み方、小包の紐の結び方などを習った。

そういった作法やおせち料理の作り方などを、長女はもちろん二人いたお手伝いにも教え伝えた。

高校を卒業して住み込みで働く彼女たちに、電話の応対やお茶の出し方、オールシーズンの家事や四季折々の料理、障子の張り替えまで仕込んだ。門の前をはくときは、うちの前だけでなく、周囲もきれいにと伝え、夜客人が家の門を出ても、すぐに玄関の電気を消してはいけないことも教える。

万年筆で書いた葉書や封書の宛名が、水にぬれてにじまないように、文字の上からろうそくをこすりつけるのも伝えていたことの一つだ。「婦人公論」（平成五年三月号）で対談した華道家の安達瞳子（とうこ）に「まあ⁉　津村花嫁学校！」と驚かれている。

自分の仕事がある上に、吉村の身のまわりの世話や子供のしつけ、お手伝いの教育と、体がいくつあっても足りなかっただろう。昼間は来客や電話の応対に追われ、小説を書くのはどうしても夜になる。原稿の締切で徹夜をしても、子供の弁当は必ず自分で作っていた。

「小説と家族のことで、大変だったと思いますが、でも、それが母の姿として自然でした」

と司は語る。仕事や家庭のことでいくら多忙になっても、常に身ぎれいを望む夫がいるので、髪をふり乱すことはできない。息つく暇もないほど大変だったのではないかと思うが、料理をまったくしたことがなくても、独学でマスターしてしまう負けん気の持ち主だ。ハードルが高ければ高いほど、津村は内なる闘志を燃やしたのではないか。

吉村家に来たお手伝いが驚くことがあった。

吉村家にはまず車がなかった。吉村が自家用車と言っていた買い物かごをつけた自転車が一台あっただけだ。

〈彼女らが次に意外に思うのは、生活が地味だということだ。夫婦ともども作家だから、もっと派手な暮らしをしていると思われていたらしい。私たちは別荘も持っていないし、ゴルフもしない。〉（『合わせ鏡』朝日新聞社）

作家と言っても様々だが、ベストセラー作家と芥川賞作家の夫婦なので、華やかな暮らしぶりを想像したのだろう。

のちに墓を建てた越後湯沢にマンションを購入するが、それまで別荘は持たなかった。作家は銀座で飲むものと思われているようだが、吉村は銀座を敬遠し、津村も高価なブランド品を持つことはなかった。

お手伝いはいたが、人任せにできないのが、子供にかかわることだった。

子供が学校から帰ってくると、津村が必ず出迎えた。学校から帰った長女が津村のそばにじっと坐っていたときは、何か話したいことがあるのだろうと察し、編集者が原稿を取りに来ることになっていても仕事の手を止めた。

「『あしたのジョー』というテレビアニメがあって、妹が大好きでした。ジョーの人形まで作ってしまうくらいに。たまにそのテレビが見られないと、今日はどんな話だったか母にきくんです。母はそれを話すんですが、三十分の番組なのに、いつも倍ぐらい時間をかけて話していました」

ストーリーだけでなく臨場感があるようにと、津村は情景や服装などの描写をまじえて声色やしぐさまで再現した。そのために長女に「人間ビデオ」だと言われた。

長女が大学生になっても、母と娘は一緒に風呂に入っていた。昼間はゆっくり話す時間がないので、背中を流し合いながらその日にあったことを報告する。母と娘の貴重な語らいのひと時だった。


父親と息子の間でも、親子の断絶はなかった。

司は三十一歳で結婚するまで実家で暮らした。よく話をする親子だった。父親との記憶で司が思い出すのは、大学時代のバッタ屋の一件だ。

「趣味で音楽の録音をやっていて、私がほしい録音機がありました。秋葉原の昔でいうバッタ屋に、値段をきいたらとても安いんです。じゃあ、手配しましょうということになって、届きましたという連絡があったんですが、改めて値段をきいたら全然安くない。買えませんと言ったら、何度も電話がかかってくるようになった。

それで父に相談したら、司は怖くて秋葉原に行けないんだろう、と。俺が行ってきてやると言って、バッタ屋に行って話をつけてきてくれました。たぶん違約金を払ったんじゃないでしょうか。私の尻拭いをしてくれたんですよ」

女優の紀比呂子の一件もあった。司は一九七〇年代に、テレビドラマ「アテンションプリーズ」などで人気を集めた紀比呂子の大ファンだった。中学から高校にかけての頃で、部屋に彼女のポスターを貼ると、その前では着替えもできないほど熱をあげていた。

父親には隠していたつもりだったが、吉村は気づいていた。そして、ある日こう言われた。

「紀比呂子に、うちに来てもらうことができそうだ」

家に出入りしていた吉村の知り合いにつてがあったのだ。とんでもないと、司は慌てた。憧れの女優を前にして、どうふるまったらいいかわからない。結局、対面の場面には至らなかったが、息子がそれほど憧れているなら、なんとかして会わせてやろうという親心だった。

長女の小学校の担任に「あまったれのおとうさんですネ」と笑われたが、息子にも甘いと言われるところがあったのかもしれない。

大学時代に、司は自分が通っていた青桐学園で講師のアルバイトをしていた。ところが吉村にそれをやめろと言われた。

「そんな暇があったら、大学生活を謳歌しろと言うんです。こづかいは謳歌できるくらいやるから、と。ドラ息子の典型みたいな話ですが、父の大学生活の経験から、息子にはそうさせたかったんでしょうね」

吉村の大学時代といえば、コッペパンが一日一個あったら、一生小説を書いていくと言っていた頃だ。兄たちの世話にはなりたくないと、家庭教師を二軒かけもちして、そば屋で一日二食の食事をしていた。

大学の授業に出たのは俳文学だけで、あとは文芸部の部室に入りびたっていた。三島由紀夫の家を訪問したりする一方で、生涯の伴侶となる津村との出会いがあった。卒業はかなわなかったが、吉村にとって大学生活は貴重なものだった。自分ができなかった分まで、息子に謳歌させてやりたいという切なる親心だったのかもしれない。

「父は会社の経営者の息子で、寄席に通ったり、戦時中にひとり旅をしたりと、恵まれた少年時代を送っていました。あるとき知り合いの左派の運動家に、僕は恵まれ過ぎていて恥ずかしいと打ち明けたそうです。そしたらその運動家に、昭ちゃん、何言ってんの。恵まれているんだったら、恵まれていることを生かせばいいじゃないのと言われたそうです。

私も大学時代に、こづかいをもらって謳歌するのを悩んだとき、父は同じことを言いました。恵まれているなら、それを生かせと」

小学生の頃、吉村は同級生に「財閥」と言われて冷やかされていた。運動家への告白は思い余ってのことだろうが、恵まれた環境というのは誰もが手に入れられるものではない。望んでも得られない人間が大多数だ。幸運にもそれを手にしているなら、悩むよりその立場を活用しろという教訓だった。

吉村の父親は終戦の年にがんで亡くなっている。戦争が終わり、この先学問をやりたいと思った吉村は、病で寝たきりになった父親の枕もとに行き、学問がやりたいと懇願した。〈「食うや食わずの時代に『何を言っているか』と怒鳴られると思ったが、『お前がそうならやりなさい』と優しく言われた。嗚咽（おえつ）しましたね。僕が真剣な顔をして、手をついてお願いしたので、親として受け入れてやろうと。これがおやじとの一番の触れ合いだった」〉（産経新聞　平成十二年十二月二十五日朝刊）

子供にやりたいことをさせるのは吉村も同じで、何かを規制されたことはなかったと司は振り返る。

大学生活を謳歌しろと言われて司はアルバイトをやめた。そしてこれ以上充実した大学生活はないというくらい、キャンパスライフを楽しんだ。

大学四年のときには「芸人組合」を結成した。

学生はもちろん、教授や職員の中から芸達者を一堂に集め、十二月の最終土曜日にキャンパスのいちばん大きい教室で、「年忘れ紅白対抗芸人大会」を開いた。超満員の上に場内総立ちになり、そのときの感動がのちのソニー時代に、海外を舞台にしたプロジェクトを行う原点になる。

「芸人組合のメンバー全員が、『芸』の一字が背中に入った同じトレーナーを着ました。書道は習っていましたが、父にはかなわない。父に頼んで字を書いてもらいました」

「年忘れ紅白対抗芸人大会」は、司が大学を卒業後も十年近く続いた。あなたは芸人のようだと、ソニーの会長にスカウトされたのも必然の流れだったのかもしれない。

そういえば吉村も、同人雑誌の印刷費のために、学習院大学の講堂で古典落語鑑賞会を開いている。

古今亭志ん生と春風亭柳好に出演の了解をとり、学生課では一蹴されたが安倍能成（よししげ）院長に直談判し、乃木希典（まれすけ）が院長時代に使っていた金屏風まで貸し出してもらった。会は大盛況で、二回目以降も開かれた。

血は争えないということだろう。

吉村同様、司の結婚相手も大学で出会った後輩にあたる女性だった。

司が結婚を決め、彼女を家に連れて来ると吉村に言うと、先方の両親に挨拶するのが先だと言われた。そのときに物ではないのだから、お嫁さんにくださいと言ってはいけない。嫁にやる、嫁にもらうというのは無礼な言葉で、結婚を許してくださいと言うんだぞ、と釘を刺された。

結婚式は手作りでやりたいという司の希望で、吉村が招待状の宛名書きと、宴会場のテーブルの名札書きを受け持った。披露宴の最後で挨拶した吉村は、息子は気持ちのやさしい男だから安心してくださいと、花嫁の父に伝えた。

結婚後、司は二人の女児を授かった。

「娘が生まれたとき、浮気は絶対するなと言われました。息子ならいつか許してくれるが、女の子はぐれて、後々まで許さないからと」

司の妻の妊娠がわかると、吉村は男ならこれ、女ならこれと子供の名前を考えた。

「女の子の名前は忘れましたが、男なら〝匠〟という名前でした」

吉村にとっては初孫の誕生で、〝じいじ〟としては何もせずにはいられなかったのだろう。ところが随筆には、

〈孫の名前をつける人もいるようだが、私は親がつけるべきだという考えから一切関与しなかった。長男も長女もそれが当然と思っていたらしく、私に相談などしなかった。〉（『わたしの普段着』新潮文庫）

と書いていて、この点はいささか現実と異なったようだ。吉村の命名は残念ながら採用されず、子供の名前は司と妻で考えて決めた。

子供が小学校に上がり、運動会の時期になると、司夫婦は吉村と津村に日にちを伝えた。司はビデオカメラを回し、戦時中に東京工業専門学校の写真科に設けられた文部省科学研究補助技術員養成所で学んだ津村は写真を任された。吉村と並んで祖父母の観戦席に坐って孫たちの奮闘を応援した。

吉村からは、他にも言われたことがあった。

「金の貸し借りは、絶対するな、保証人には絶対なるなと言われました。家訓だと言って断れ、と。友人を失うことになるからと言っていました。どうしてもというときは、父は貸すのではなく、あげていたようです。でもその人は、もう二度と自分のところには来ないと言っていました」

投資も株もするなとも言われた。博打にも手を出すな、と。百万円を飲もうとしたら大変だが、博打なら百万円は一瞬で消えるというのだ。

吉村の生家は布団の商いもしていて、商家の出でもあったからか、家を建てたときに金庫を真っ先に買った。司が社会人になったときには実印を作って手渡した。

「酒を飲むなら、最初に俺と飲め、とも言われました。酒癖というのは、初めて酒を飲んだときで決まる。酒癖の悪い人は、最初に酒を飲んだときの癖をずっと一生引きずっているというのが、父の持論でした」

吉村は毎晩酒を飲んでいた。酒に関してはいくつかの戒律があり、飲むのは必ず日が暮れてからだった。自宅ではもともと六時からだったが、医師に言われて九時からになった。飲む酒は手順があって、ビールから始まり、日本酒、焼酎、締めがウイスキーだった。酒を飲まない人は早死が多いと吉村は言っていたが、それは酒飲みに都合がいい持論ではないかと司は思う。開高健が短命だったのは、ウイスキーを生(き)で飲んだからで、必ず水で割って飲めとも言われた。

吉村は地方に行くと、うまい酒の肴と地酒で一杯やるのを何より楽しみにしていた。そのときに必ず携行する住所録があった。気に入った小料理屋やバーなどが記してあって、特にいい店はⒶの印をつけていた。

そのリストを司はもらったことがあった。住所録からわざわざ転記してくれたのだろう。

「社会人になったとき、これをやると言われました。仕事でつき合いができて、出張もあるから、私には必須だと思ったんでしょう。でも、当時はそれほど酒を飲まなかったので、そのリストはどこかにいってしまい、もったいないことをしました」

父と息子で似ていると思うのは飲食に関してのこだわりだ。

まず店選びが共通していた。高い店や気取った店に行くことはなかった。寿司の名店「高勢」などの例外はあるが、吉村は普段高くても数千円の店に通った。司も宴会を開くときは一人あたり四千円程度の店を選び、コースで五千円以上の店に入ったことはない。

司はラーメンが好物だが、七百円以上のラーメンは食べない主義だ。吉村も次のように記す。

〈私にとって、うまいとは、安いわりに……という条件が必要になる。二五〇円のラーメンならうまい、まずいの別もつくが、千円のラーメンは、すでにラーメンの規準からはずれたもので、たとえ味がよくても、うまいラーメンとは言えぬ、言いたくない、と思うのだ。〉

（『味を追う旅』河出文庫）

とんかつを食べるときは、塩などではなくソースにこだわるのも共通する。洋食には必ずソースで、それは父の影響だと司は言う。浅草の「大黒家」の天丼を食べたいと思っても、いつも行列しているので吉村は入ったことがなかった。いくら名物でも並んでまで食べないというのも、酒に関して休肝日がないのも父子で同じだ。

旅と温泉が好きで、ひとり旅を好むところも似通っている。それ以外で困った癖を受けついでしまったことがある。

忘れ物だ。その最たるものが傘で、吉村と司は雨があがると必ず傘をどこかに置き忘れた。傘に限らず物忘れは二人に共通した病気だと津村は書いている。

〈夫は、自分が忘れ魔なので、人の物忘れには非常に理解があり、息子ともそのことについて結束している感がある。男は常に重要なことで頭が占められているから、忘れ物をするのが当然であり、むしろ忘れ物をしないような男は大成しない、などと言う。〉（『風花の街から』毎日新聞社）

吉村が忘れ魔というのも意外な一面だが、頭の中は常に重要なこと、つまり小説で占められていたのだろう。

〈長男と長女が小学校へ通うようになった頃、帰宅したかれらは、妻が外出していると、お母さんは？　ときくのが常であった。私が外出していても、お父さんは？　とはきかないことを私は察していた。〉（『わたしの流儀』新潮文庫）

吉村は、さらに次のようにも記す。

〈書斎で仕事をしている時、家内と長男、長女が声をあげて笑い合っているのを耳にし、そのにぎわいに加わろうとして階下におりた。

居間の戸をあけると、かれらはぴたりと笑うのをやめ、一様に私を見た。その眼は、あたかも他人を見るような眼であった。〉（同）

「居候亭主」というタイトルの随筆では、家は妻と子のもので、私はそこに居候させてもらっている身だと記している。

吉村の随筆を文字通り受け取ると、実際の家族関係とはややかけ離れたものになってしまうかもしれない。家庭での吉村を、司は次のように証言する。

「家ではよく冗談を飛ばしていましたからね。酔って帰ってくると、お前は禿げないな、と挨拶がわりのように言ってました。父はモノマネが得意で、食後の団欒のときに披露することがありました。エリマキトカゲのマネは傑作でした。クマや蚊のマネもうまかった。父は蚊が大嫌いで、蚊は頭がよすぎると言ってました。母も負けていないで、ハブとマングースの戦いのマネをしたり……」

和気あいあいとした雰囲気で、吉村が家族から冷遇されていたとは思えない。

家庭内で一人疎外されていると書く、吉村の心境について津村が語っている。

〈ところが、節子夫人に言わせると、これは吉村さんの〝被害者意識〟だそうな。（略）「〝のけもの〟なんてひがむことはないのに」と節子夫人。〉（毎日新聞　昭和四十八年六月十五日夕刊）

被害者意識の上に自虐もあったようで、吉村と半世紀以上のつき合いになる大河内昭爾は、吉村の文庫本の解説で次のように述べる。

〈氏の手にかかるといささかそれらが自虐的に訴えられるせいもあって、正直な読者は多少ともたぶらかされるかたむきがないとはいえない。〉（『実を申すと』　ちくま文庫）

たぶらかされないようにあえて言えば、父親としての吉村は、子供たちの個性や才能を庇護するように見守り、ときにほのぼのとしたお節介もまじえながら、親として最大限の援助を惜しまなかった。

「父に愛されていたという実感はありますね」と司は回想する。

その根底には深い家族愛があるのだが、それは後述する。かけ値なしに言えるのは、吉村はよき父親として子供たちからも愛されていたということだ。

父親としての吉村を、津村は次のように記す。

〈父親の仕事についてどんなふうに思っているのか聞いたこともないが、父親としてのかれのことは、息子も娘も大変好きらしい。夫としてはあまりいい点はつけられないが、子供たちに免じて今後も辛抱することになりそうである。〉（「婦人公論」昭和四十六年五月号）

第三章

同志にしてライバル

一九六五年（昭和四十年）に、津村が芥川賞を受賞したとき、司は小学四年生だった。

「受賞を知らせる電話は覚えてますよ。隆叔父さん（吉村の弟）が毎回候補になるたびに家に来ていて、実際の受賞のときの喜びようといったら……。芥川賞がどんな賞か、まったくわかっていませんでしたが、喜び方ですごいことになったんだと思いました」

当時一家は西武線の東伏見に住んでいた。選考が長引いたので迎えの車を出せないという連絡があり、スポーツカーを運転して来ていた隆が、記者会見場となっていた新橋の第一ホテルまで津村を送り届けた。

津村はそれまで三度直木賞候補になり、芥川賞候補は二度目で、ようやく賞を射止めた。受賞前後のことは、のちに様々に語られたり書かれたりしているが、吉村が津村の受賞直後を記したものがある。

〈日曜日
子どもたちが、ふとんの中にもぐり込んでくる。小学校四年の司は、キャッチボールをしようといい、五歳の千果（ママ）は散歩をしようという。散歩をして菓子を買わせようというのだ。しかし、戸外はかなりの雨。正午近くまで眠る。〉（「週刊新潮」昭和四十年八月七日号）

「週刊新潮」で「週間日記」という連載があった。吉村の寄稿は「妻の芥川賞受賞」というタイトルで、一家の休日の場面から始まる。

それより六年前の一九五九年（昭和三十四年）、吉村が『貝殻』で芥川賞候補、津村が『鍵』で直木賞候補になった。夫婦で同時に両賞の候補になるのは、日本文学史上初めてだった。

その後も、夫婦で交互に芥川賞・直木賞の候補にあがり、そのたびにメディアの注目を集めた。そして津村が先に芥川賞を受賞する。

〈九時になった。

「もうだめだ、あきらめろ」

妻にいう。彼女は無言でうなずいた。電話のベルが鳴った。弟が出た。その表情で受賞を知った。妻に受話器が渡された。電話が切れると同時に、妻が私に飛びついてきた。「ごくろうさん、よかった、よかった」妻の背をたたいた。〉（同）

記者会見を終え、その夜遅く布団に入った津村は、「眠るのがこわい」とつぶやいている。吉村の寄稿で私が目を止めた箇所がある。〈私の読んだかぎりでは、妻の受賞作『玩具（がん）』の中に私はいない。〉というところだ。

後年、吉村は「妻の芥川賞受賞作も読んでいない」と言い、それが定説のようになっていた。互いの作品を読まないことが、夫婦円満の秘訣だと二人は語っていた。

実は読んでいたのだろうか。

この寄稿でも、夫婦で受賞を本心から喜び合っているのが伝わってくる。周囲やメディアは、妻に先を越されたとか、嫉妬という複雑な気持ちとか、様々に邪推するが、そのような記述は見受けられない。嫉妬について吉村は、

〈女房に〝あんたは嫉妬心のまったくない人だ〟って言われたことがあるんです。〉（「現代」

平成五年三月号）

とも語っている。それでもメディアからは同じ質問が繰り返され、作風が違うからと言っても納得されない。津村の受賞が原因で、離婚するのではないかと問う記者もいた。夫に先んじた、妻に先を越された、ということがニュースになる。そういう時代だったのだ。私のボイスレコーダーには津村が語った言葉が残されている。

「円地文子さんのお宅は、新聞記者のご主人の書斎が一階で、円地さんが二階の書斎で仕事をされていたんです。すると、あの女はご主人の上でものを書いていると世間から非難されたそうです」

円地文子は一九〇五年生まれ。一九二八年生まれの津村はそれよりあとの世代だが、それでもまだそんなことが口の端にのぼる時代だったのだ。吉村もこう記す。

〈やがて、私の沈黙する時がやってきた。私はそうした質問に生真目に答えることが煩わしく、それらの人々と会話が通じないことに気づいて会うことを避けるようになった。〉（『戦艦武蔵ノート』文春文庫）

吉村は妻の作品を「読んでいない」と言うようになった。読んでいると言えば、感想を求められる。一つ答えれば、それに対して次の質問が出る。最初から読んでいないとしたほうが、煩わしさがないと思ったのではないか。

津村の芥川賞受賞の翌年、吉村は太宰治賞を受賞し、『戦艦武蔵』がベストセラーになる。

ようやく二人そろって文壇に出たわけだが、そこに行きつくまでに十数年の同人雑誌作家の時代があった。

二人にとって、小説を書くのは学生時代からの志だった。しかし収入には結びつかないので、生活を支える仕事がいる。小説と生活をめぐって知られざる長い葛藤の歳月があった。

芥川賞の受賞より六年前の一九五九年（昭和三十四年）、津村の初めての小説集『華燭』が刊行され、出版祝いの会が開かれた。そこである先輩作家から、

〈「夫婦で小説を書いて行くということは至難なことだと思える。今のうちはよいが、いずれ危機が来ると思う。そのときは潔く吉村君のために筆を折るように」と言われた。〉（『風花の街から』毎日新聞社）

門出を祝う言葉を期待していた津村は衝撃を受けた。同じ年に吉村は二度続けて芥川賞候補になっていたが、受賞には至らず、繊維関係の団体事務局の仕事を続けていた。

当時を描いた津村の自伝的小説がある。

〈だがこの期に及んでは、かれのことを考えている余裕はなかった。組合の仕事が忙しければ忙しいほど、組合員たちとのつきあいが多ければ多いほど、章子は自分の時間を持てるのである。章子はエゴイズムに徹したいと思った。

小説を書きたいために、子供を産むことを迷っている章子を、桂策はどう思っているだろう。章子が内心、桂策が小説を断念してくれたら、と思っていることを、かれは察しているかもしれない。〉（『重い歳月』文春文庫）

小説を断念してくれたら、とさえ書いている。ところがその二年後の一九六一年（昭和三十六年）、吉村が突然仕事を辞め、津村の原稿料が一家四人の生活を支えることになる。

　吉村も当時を記している。

〈しかし、前年の七月号に『鷺』が「文學界」に掲載されて以来、原稿依頼は絶えていた。妻も、家計費を捻出するため少女小説の執筆に時間の大半を費し、自分の小説を書けぬことに苛立っていた。私がほとんど無収入であることを責めるような言葉も妻は口にするようになり、私たちはしばしば諍いをした。居たたまれぬ思いで、家を出ると弟の家に行って泊ったりした。〉（『私の文学漂流』新潮文庫）

　序章で記した激しい夫婦ゲンカの原因を司に尋ねたところ、小学生だったので「わからない」という答えだったが、原因はこれだったのではないか。

　結婚して、こんなはずではなかったという期待はずれは、日常の些細な場面であるだろう。しかし小説と生活はどちらも譲れないものだ。妥協できないものだけに夫婦の諍いは激しくなる。

　この後「週刊新潮」から、実際の事件を小説仕立てにした連載の依頼が吉村にあった。月に十万円以上の定収入になるが、吉村はそれを断わっている。生活のために書かなければいけなくなった津村は、「危機」というタイトルで当時を記す。

〈妙な病気になったのはそれから一年ほど経ってからであった。些細なことに気が苛立ち、子供にあたり散らす。そして激しい後悔のために子供を抱きしめて泣く。食事は何も受けつけず、むやみに痩せる。背骨が痛んで机に向っていられない。眩暈がする。が、何本かの連載をかかえていて、どれ一つ中断するわけにはいかない。夫は憑かれたように小説を書き続けているが、かれが華々しく文壇に登場し、生活の肩代りをしてくれる見通しなど皆無であった。〉（『風花の街から』毎日新聞社）

それと前後して、「吉村の作品はさておき……」「津村節子は別格にして」と、「文學界」の同人雑誌評で二人は除外されるようになった。鮮度を失い、薹が立ってしまったからだった。万年同人雑誌作家として姥捨て山に遺棄されたような焦燥を津村は覚える。

その上、賞の候補になるたびに、七転び八起き、二度あることは三度ある、と週刊誌などに書き立てられ、精神状態がかき乱された。外ではメディアの取材攻勢があり、家の中では諍いと生活の不安があり、それでも次に候補になるような作品を書かなければいけない。

よく精神力が続いたと思う。よく乗り切ったと思う。

こういう場合、最悪のケースは二人とも自滅する。よくてどちらか一人が、相手を犠牲にして生き残る。それが二人とも賞を受賞し、見事世に出たのだから、ブラボーとしか言いようがない。

津村の自伝的小説に次のような場面がある。

書き下ろしの長編の書評が載った新聞を桂策が章子に見せると、「時間が充分あるから、書下しだって何だって出来るわね」という嫌味なひと言が章子の口から出る。当然のように喜んでくれると思った桂策は驚いて章子の顔を見た。

〈「私だって、もう一息だったのよ。時間さえあれば――」

一緒に喜ばねばと思いながら、意志に反する言葉が口をついて出て来る。

「おまえは、またおれに勤めに出ろと言うのか」

「そんなことは言っていないわ。ただ、私も書く時間が欲しいと言っているのよ」

「同じことじゃないか。おれの原稿収入だけでは足りないから、おまえは仕事をしなければならないいんだ」

「それはお互いのことだわ。あなたが勤めていた時は、私が書いていたんだから」

「それなら、なぜそんなことを言うんだ。おまえは、男が生活を支えるのが当然だと思っているんだろう。そしてその責任を果さないおれに対して不満なんだろう。だが、おれはいま大事な時なんだ。食えなくなったら、又勤めに出る。だが、いまが大事な時なんだ」

「私だって大事な時だわ。書きたいわ。書きたいわ。書きたいわ」〉（『重い歳月』文春文庫）

最後の、書きたいわ……という悲痛な叫びは、吉村にしても同じことだろう。

人生には波のうねりのような起伏がある。潮が引いているときはどんなにあがいても無駄なことを、二人は長い同人雑誌時代に知っていた。もう、あとには引けない。このチャンスを逃したくない。今しかないという気持ちが強くなる。

激昂してすさまじい夫婦ゲンカになるのは当然の流れだったのだろう。生活のことだけではない。小説が絡んでいるのだ。

賞の候補者の発表から選考日まではメディアも騒ぐが、受賞者が決まった途端に明暗は分かれる。賞を逃せば、再び同人雑誌作家の日常になった。今の時代と違って賞の候補になっただけでは原稿依頼は来ない。ましてそれを出版してくれるところもない。

そうしているうちに少女雑誌が次々と廃刊になった。津村の収入は五分の一になった。津村はその機会を見逃さなかった。

「あなたも収入の道を考えてください」

それまで言い出そうとして言えなかったことを、口に出して吉村に言った。津村にそう言われて、吉村は三度目の会社勤めに出た。一九六三年（昭和三十八年）のことである。

〈……私は、生活について真剣に考えた。家族の生活をかえりみず小説を書くなどという、甘えた考え方は最も唾棄すべきで、そのような生き方からは勁い文学が生れるはずはない。夫として子の父として、妻子に生活の資をあたえ、自分に残された時間を小説の執筆に傾注すべきであった。〉（『私の文学漂流』新潮文庫）

「週刊新潮」の小説仕立ての連載は断った吉村だが、一九六〇年代前半、三十代の半ばに「速水敬吾」のペンネームで、講談社が刊行していた「たのしい六年生」などに少年小説を書いている。

そもそも筆で生活しようというのが間違いで、収入のために原稿を書くことは断じてしたくない。生活はカタギの仕事で、というのが吉村の流儀のはずだった。ラジオの放送劇を書いたとき、三橋達也が主演で好評だったが、放送劇は一作限りとし、小説に専念するという掟を作っている。
　少年小説を書いたのは、まだ試行錯誤のときだったのだろう。「敬吾」は戦死した四兄の名前で、吉村がペンネームを使ったのは、このときと太宰治賞に応募した際だった。
　太宰治賞への応募は一九六六年（昭和四十一年）のことで、吉村は新聞のインタビューで次のように語っている。
〈芥川賞に四度落選し、ある編集者に「あんたは古びちゃったから、もうおしまい」と言われ、小説に専念しようと、兄の紡績会社を辞めたばかりのころです。新人として再出発するつもりでした。〉（読売新聞　平成十二年三月七日朝刊）
　そうして吉村は公募の新人賞に応募という賭けに出る。一方、晴れて芥川賞を受賞した津村だったが、手放しで喜べる心境になかった。
〈芥川賞受賞の興奮が醒めるに従って、私を苦しめはじめたのは、夫を犠牲にして得た賞の重みである。自分は夫よりも才能があるという確信あって敢えてしたことならば、その自信と貪婪（どんらん）さは作家として必要なことなのかもしれない。だが私の場合、自分は才能がないから人一倍努力せねばならないという焦慮と、自分よりも恵まれた時間を持っている人々に対する嫉妬から、夫の貴重な時間を奪い取ったのである。先輩作家の予言した危機は、こうしたかたちで我々を襲った。自分が筆を折らず、夫に筆を折らせた負目は、日を経るに従って私をさいなみはじめたのである。〉（『風花の街から』毎日新聞社）
　夫を犠牲にした、夫に筆を折らせた、と吐露する。吉村が仕事と小説の間で板挟みになっていたのはわかっていたが、存分に書ける環境を手放したくはなかった。

丹羽文雄が主宰する同人雑誌「文学者」の仲間だった瀬戸内寂聴と、吉村について語った映像で、津村は次のように述べている。

「先にとったという負い目があったんです。彼はね……、あっち（吉村）を先出そうと思っているから。あっちをとにかくなんとかしちゃわないとしょうがないと思って。才能があるってことは、私がいちばん知ってたんです」（吉村昭記念文学館「証言映像①　瀬戸内寂聴・津村節子　吉村昭を語る」）

芥川賞を受賞した津村は、「あなた、会社を辞めてください」と吉村に言う。

兄の会社を辞めた吉村は、太宰治賞に応募する『星への旅』を書き、戦艦「武蔵」の取材を始める。取材のための交通費や宿泊費、取材相手への手土産代はすべて津村が負担した。夫を犠牲にして賞を受賞した、せめてもの贖罪だった。

太宰治賞の応募時に、吉村はすでに講談社から書き下ろし小説『孤独な噴水』を出版し、吉村の名前は文芸編集者に知られていた。その著者が公募の賞に応募するということは、〈ふつうの常識では考えられないことだった〉（「季刊文科」36　鳥影社）と当時講談社の編集者だった大村彦次郎は記している。

太宰治賞への応募は、事前に津村に相談があったのだろうか。

「太宰賞への応募はね、私が勧めたんですよ」

津村から思いがけない答えが返ってきた。吉村をなんとかして世に出さないと……と募る思い。応募の際のペンネームは「北原昭」で、津村の旧姓にしたのも、そういう背景があったのか。このとき同席していた司夫妻も初めてきく話で、「父の判断でエントリーしたと思っていました」という。

吉村は短編『星への旅』と、長編『水の墓標』（発表時には『水の葬列』と改題）の二作を、賞を主催する筑摩書房に送った。

筑摩書房から連絡があったのは、それから四ヶ月後。二作とも候補作に残っているので、どちらか一作に決めてほしいと言われた。

選考委員に労をかけないほうがいいと考え、吉村は短編『星への旅』を選んだ。それが受賞し、ペンネームをやめて本名にすべきだと選考委員に助言され、吉村は従った。

「父は書くことに対して、二十四時間戦闘態勢でした。自分の筆が家族の生活を支えているという気持ちが非常に強い人でした」

と司は振り返る。その戦闘態勢がいちばん激しかったのは、今なお版を重ねている吉村の代表作『戦艦武蔵』のときだろう。

そもそも、このベストセラーはどのような経緯で誕生したのか。

『戦艦武蔵』が世に出る二年前の一九六四年（昭和三十九年）のことだった。

吉村は「文学者」の仲間だった泉三太郎（本名・山下三郎）から、戦艦「武蔵」に関する重要資料を託された。山下は雑誌「プロモート」の編集人をしていて、「武蔵」を書くようすすめられる。
「プロモート」に「戦艦『武蔵』取材日記」の連載が始まって間もなく、新潮社の田辺孝治の訪問を受けた。連載を読んだ「新潮」編集長の斎藤十一が、小説に書いてもらったらと言っているという。
思いもかけない話だった。吉村はこう記している。
〈二日間、考えに考えぬいた私は、自分の非力におびえを感じながらも、果敢にその試みに挑(いど)む決意をかためた。〉（『私の文学漂流』新潮文庫）
ここでは二行で終わっているが、次のような記述がある。
〈書けという声、書けはしないぞという声、そして書くなという声が交互に私の内部で戦っている。それから数日間、私は、家の中でごろごろと寝ころがっていた。〉（『戦艦武蔵ノート』文春文庫）
少なくとも二日で決心したものではなかったようだ。吉村の没後五年の瀬戸内寂聴との対談で、津村が意外な発言をしている。
〈吉村は、ああいうものは絶対に書かないと言ってたんです。けれどいくら断っても、絶対に諦めないのね。新潮社の斎藤さんの部屋に呼び出されていくと、「君、これを持っていかないか」って高いブランデーを持たされたりして（笑）。〉（「文藝春秋」平成二十三年九月号）
田辺だけでなく、斎藤本人からもアプローチがあったのだ。持たされたのはブランデーだけでなく、部屋に飾ってあった高名な画家の絵もあったようで、狙いを定めたら逃さない斎藤の執念も感じる。

前述の瀬戸内との証言映像では、津村はこうも述べている。

「吉村はね、小説っていうものは人間を書くものだ。軍艦なんか、小説にならないって断ったんです。ところがまあ、その斎藤十一って人がしつこい人でね。しょっちゅう呼ばれるわけ。それで吉村はもうとてもじゃないけど断り切れないって」

のちに吉村は、〈正式の依頼ではなかった〉(『ひとり旅』文春文庫)と記しているが、熱心に口説き落とされたことがわかる。

「戦艦武蔵の設計図が書斎に持ち込まれたのは覚えています。青焼きの粗末な紙の資料が積み重なって、子供心に異様に思いました。書斎の中は武蔵の資料でいっぱいになっていました」

と司は証言する。司が、吉村が「武蔵」を書くのを嫌がっていたと、津村からきいたのは十周忌のときだった。嫌がっていたというのは初めてきく話で、司は驚いた。

「父は小説家である前に、一家の主という気持ちが強い人でした。私は小説家も芸術家だと思っていて、父も自身を芸術家だと思っていたとは思いますが、家庭を顧みず、好きなことだけをしていればいいという芸術家タイプではなかった。父が『戦艦武蔵』を書いた理由は二つあると思います」

一つは吉村自身も記していることで、武蔵という軍艦に託して、自分が見た戦争を書きたいという理由だ。

「もう一つは、生活のためだと思います。田宮虎彦という作家を、両親はものすごく尊敬していました。でも全然羽振りがよくない。これだけの作品を書いていても、こんな暮らしかと思ったと、父が言ったことがあります。父も『少女架刑』や『星への旅』といった純文学作品を書いてきて、自分は文才がある、天才だと思っていたとしても、自分の筆一本で一家四人を養うのはちょっと難しいかなあと感づいていたと思います。うすうす気づいていたところに、武蔵の話があった。それがベストセラーになって、具体的には印税が入ってくる。純文学路線では暮らしていけないと思っていたところに、そういう現実を突きつけられたんです。一家を養っていくために、ベストセラーとなった記録文学の道を選んだ。それが事実だと思います」

二人が尊敬していた田宮虎彦は、『絵本』や『足摺岬』などの著作があり、『絵本』で毎日出版文化賞を受賞している。

田宮の『足摺岬』を読んで、津村は深い感銘を受けた。学習院在学中に、吉村と一緒に中央線の阿佐ヶ谷にあった田宮の家を訪ねている。家と言っても古い建物の間借りだった。妻と子供が食事をしているのが見えるところで、田宮は原稿を書いていた。思いのほか慎ましい暮らしぶりに、あれほどの名作を書いても小説で生活していくのは苦しいものだと津村は知ったようだ。

吉村も城山三郎との対談で田宮の家を訪問したことに触れている。

〈ああ、小説家の生活というのはこういうものなんだなって思った。やっぱり決して豊かじゃないよ。でも、こういう生活を俺はしたいんだなと思ったな。〉（『回り灯籠』筑摩書房）

同じ純文学作家で、吉村が「先生」と呼んでいたのは八木義徳（よしのり）だった。八木は戦時中に『劉廣福（りゅうかんふう）』で芥川賞を受賞している。

鎌倉にあった八木の自宅も津村と二人で訪ねている。先客に編集者がいて、小説の執筆依頼に対して、あなたの雑誌の読者を満足させるようなものは書けそうにないと言って八木は断っていた。家計が苦しいのに、おかまいなしなんですから、と妻は言ったが、夫をなじるような口ぶりではなかった。

〈私は、氏と接することによって、文学にたずさわる者の姿勢について教わることが多かった。〉と吉村は振り返り、津村も、〈「先生のお宅にうかがうと、すがすがしい気持になるわね」〉と言ったと記している。

当時二人はまだ学生だった。生活は現実のものではなかった。

吉村が純文学の作品を商業雑誌に発表し始めた頃、新人の原稿料は原稿用紙一枚が七百〜八百円だった。原稿料以外に印税収入があるが、一九六三年（昭和三十八年）に初めて商業出版された『少女架刑』は初版三千部で、四千五百部まで増刷した。その翌年に刊行の書き下ろし長編小説『孤独な噴水』は、初版五千部で増刷はなかった。

太宰治賞を受賞した『星への旅』は単行本で出版され、初版五千部で定価は四百八十円。印税十パーセントとして計算すると、二十四万円。受賞は一九六六年（昭和四十一年）で、その年の大卒の銀行マンの初任給は二万六千五百円。『星への旅』の印税だけでは一家四人は一年も暮らしていけない。

作家の暮らしについて、吉村は次のように述べている。

〈ですから作家っていうのは、印税と原稿料の割合が半々ぐらいになってやっと生活にめどがつく仕事じゃないですか。〉（『吉村昭が伝えたかったこと』文春文庫）

一方の『戦艦武蔵』を吉村が書き始めたのは、一九六六年の四月二十三日だった。一日平均四枚のペースで、ひたすら書き続けた。できれば七月二十日に完結してほしいと編集者に言われていた。戦争ものなので、出版社側は八月発売の雑誌に掲載したかった。昼も夜もなく書き続け、眠るのは明け方に一時間ほどという日が続いた。ぎりぎり七月二十五日まで待つと言われ、その日の午前十時に筆をおき、布団にもぐり込んだ。目覚めたときには腰が抜け、一人では立ち上がれないほどだった。

〈……無名の新人が一流文芸雑誌に四百二十枚を一挙掲載されることになったその死物狂いの様子を今も胸苦しく思い出す。〉

と津村は吉村の『ひとり旅』（文春文庫）の序文に記している。

『戦艦武蔵』は「新潮」九月号に一挙掲載され、原稿用紙一枚八百円で原稿料を小切手で受け取った。吉村にとって生まれて初めて手にする大金だった。

『戦艦武蔵』の単行本の初版は、新人としては異例の二万部で、翌日には三万部に訂正された。九月八日に刊行になると、翌日には一万部、月半ばにはさらに一万部が増刷され、十月中旬には十一万六千部に達した。

現在、新潮文庫で八十二刷になっている。

『戦艦武蔵』が刊行になる前年の吉村の収入は、「温泉」という雑誌に随筆四枚を書いた稿料四千円のみで、所得の差に税務署の職員も驚いたようだ。

「日本で文筆だけで生活しているのは、百人くらいだと、父がよく言っていました。小説を書いて、それで生活が成り立つのは、極めて稀なこと。独りよがりの小説なら、いくらでも書けます。でもそれでお金が入ってこないと、生活が困窮する。小説で食えないといけないんです。父は家族愛の強い人でしたからね。自分の小説で家族を養わないと、という気持ちが強いというか、それしかない人でした」

吉村にとって、出色の小説を書くのはもちろんだが、それが売れ、収入につながるものでなければならなかった。当初志したのは純文学だが、家族の生活という現実に舵を切ったのだった。

記録文学を書くようになった経緯について、吉村は次のようにも語っている。

〈「『戦艦武蔵』を書く前はフィクションだけ書いてましたけど、だんだん書けなくなるな、という予感がありました」〉(「NHKあの人に会いたい」刊行委員会編『あの人に会いたい』新潮文庫)

経済的なこと以外にも、純文学だけを書き続けることに限界を感じていたのだ。

司は自身のSNSに、映画『おくりびと』の原点となった、『納棺夫日記』を書いた青木新門（しんもん）のことを投稿している。

吉村が『高熱隧道』の取材のため、富山に通っていたときのことだった。取材を終えて立ち寄るバーがあった。そのバーのオーナーが青木だった。ある日、青木は吉村に一篇の詩を手渡す。それを読んだ吉村は「あなたは書けるかもしれない」と直感を口にした。そのひと言がきっかけだったのか、青木は文学に専念するために店を畳んでしまう。

吉村は後悔した。自分のひと言で経済的に行き詰まる人が出てしまったことを。吉村の推薦で「文学者」に青木の短編が載ったこともあったが、吉村の懸念通り青木はその後生活に困窮し、納棺師の仕事を始める。

無数の人たちが文学賞の候補になり、そして消えていったのを、吉村も津村も目の当たりにしてきたはずだった。華々しいスタートを切っても、いつの間にか人の口にものぼらなくなる。たとえ一作売れたとしても、生涯筆一本で暮らしていける人は極めて稀で、死屍累々の世界なのだ。

『戦艦武蔵』のゲラを渡された吉村は、「本当に載るんでしょうか」と担当者にきき、「載せるから、ゲラにしたんでしょう」と笑われている。それでも吉村の疑いは消えなかった。ゲラになっても作品が雑誌に発表されなかった例を幾度も耳にしていたからだ。

家族を養うことに関して、もう一つ逸話がある。

太宰治賞を受賞して世に出る前に、吉村は当時タイに赴任していた津村の姉夫婦に手紙を送っていた。

その姉が九十歳を過ぎて身辺整理を始め、吉村の手紙が津村のもとに渡った。吉村がそのような手紙を書き続けていたことを津村は知らなかった。

その中の一通では、会社勤めの二年間に、一作も小説が書けなかったことを告白している。ところが実際は、書き下ろし長編小説『孤独な噴水』を刊行し、いくつかの商業雑誌に短編を発表していた。一作も書けなかったと記すほど、心理的に追い詰められていたのかもしれない。

小学生の頃、司は吉村から次のような話をきいた覚えがあった。

「通勤電車で坐れたときは、画板を取り出して、その上に原稿用紙をひろげて小説を書いている、と。子供心にその姿が異様に思えました。同級生が同じ電車に乗って、画板に向かっている父の姿を見かけることがないように、心から願った記憶があります」

夜遅くに会社から帰ると、吉村は電気スタンドにタオルをかけ、そばで眠る子供の顔に光線が届かないようにして夜中の二時まで書き続けた。朝は七時に起きて会社に向かった。

それだけの努力をしていたにもかかわらず、満足のいく状況はつくり出せていなかったのだ。

津村が芥川賞を受賞し、吉村は専務として働いていた次兄の繊維会社を辞めた。その折、津村の姉に宛てた手紙には、一年間小説に専念して、一家の家計を支えるだけの収入が得られないようなら、筆を折る覚悟だと書いてあった。

「驚きましたよ。常日頃から、小説は自分の命そのものであると言っていた父が、ですよ。その父が、筆を折る覚悟をしていたなんて……」

衝撃を隠さない表情で司は語る。

「母が芥川賞を受賞したんだから、髪結いの亭主でいいじゃないですか。小説を書こうと思ったらいくらでも書けると思いますよ。筆を折るというのはどういうことか、なんでそこまで言うのかというと、要するに家族を養えないような小説ではダメなんです。一家の主として、収入にならないような小説を書いていては」

命そのものの小説より、一家の主としての責任を果たすという吉村の宣言だった。そう考えるのは、吉村の父親の影響があると司は言う。

「祖父は会社の経営者で、そこで働く従業員がいて、子供もたくさんいました。従業員にも家族がいます。それらの人たちの生活を成り立たせ、子だくさんの一家を堂々と養っていた。それが男だというのが父の中であったと思います。でもそれを小説でやろうとするのは、なかなか厳しいものがあると思いますが」

退社を願い出た吉村に次兄は困惑した。

なぜなら吉村は会社で呉服や宝石の割賦(かっぷ)販売を始め、事業が軌道に乗っていたからだ。その前に繊維関係の団体事務局に勤めていたときも、業務を発展させ、場末にあった事務所を新宿の厚生年金会館前のビルに移転させている。

吉村には商才があったのだ。

吉村を手放したくない次兄は、長い沈黙の末にこう言った。

〈「それではわかった。承認します。ただし、これから一年間、あんたが小説で収入を得られぬようだったら、必ず会社にもどる。いいね」〉(『私の文学漂流』新潮文庫)

そのやり取りから、一年という期限はこのときに出たのかもしれない。一年やってものにならなかったら会社に戻るという念書まで交わしている。まさに背水の陣の賭けだが、一年あればという確信があったのだろうか。

「父は片方の肺がない上に、大学は中退で、言ってみれば一文無しじゃないですか。そういう身で、社長令嬢を妻にしたわけです。相当のプレッシャーがあったでしょう。その分、なんとかしてという気持ちが強かったと思いますよ」

すぐれた小説を書き、それで一家を養うだけの収入を得る。どちらもやってのけた吉村を改めて見事な人だと思う。その大もとを辿れば、ベタ惚れで結婚した女を、どうにかして幸せにしなければという心理的な重圧があったのだ。

それがすべての原動力になっていたのかもしれない。

〈しかし、一年間の期限がきられても、私には文筆で収入を得るあてはなかった。〉(『戦艦武蔵ノート』文春文庫)

と吉村は記している。太宰治賞だけでは一家四人の生活は厳しかった。一年と期限を切られたその時期に、「武蔵」の話があったのは、今となっては運命のように映る。

吉村の一日は規則正しく、朝八時十分に起床し、朝食を終えると離れの書斎に「出勤」した。昼食をはさんで仕事をし、夜の六時になると書斎に鍵をかけて母屋に戻った。

それからは家庭人の時間だった。子供たちに仕事の話をすることはあったのだろうか。

「夕食のときに、父は書いている小説の話をしてくれました。父の小説は読んでいました。中学から高校にかけて、父の小説に夢中になったことがあります。『星への旅』や『少女架刑』といった初期の純文学作品が好きでした。眼に浮かぶような鮮烈な描写に芸術を感じました」

だからなのか、司は『戦艦武蔵』を読んだときはがっかりしたという。初期の作品こそが吉村の本領と思い込んでいたので、『戦艦武蔵』は史実を書いているだけで、創作とは思えないと吉村に言った。

「父はちょっと悲しそうな顔をして、黙っていました。父は評論家や編集者にほめられるより、子供にほめられるのがいちばんうれしいんです。子供がほめると、ものすごく喜びました。父は小説という手法を使って史実を書いている。それによって、どんな歴史資料よりも歴史のエッセンスやリアリティーが伝わって、読んだ人が感動する。それが父の手法だと気づいたのは亡くなってからです」

吉村の記録文学は最高だと言ってあげられたらよかった、と司は残念そうに語る。

絶対に書かないと言っていた『戦艦武蔵』を書いたのは家族のためだった。その家族に認めてもらうことができず、なおのこと悲しかったのかもしれない。

司が今、吉村作品で読むのは記録文学が中心だという。薦める三冊には『少女架刑』『破船』『戦艦武蔵』をあげている。吉村の死後、『戦艦武蔵』の生原稿が金庫から出てきたことがあった。津村は驚いていたが、司は吉村から生前に、生活に困ったら売っていいと言われていたので原稿はあると思っていた。

「小説は頭で書くのではない、手で書くのだと、父はよく言っていました。何を書くかわからないけど、無理やり、とにかく手首を原稿用紙の上に置く。体を机にしばりつけるのだと。そこから作品が生まれていく。アイディアが浮かぶまで待つなんていうのは嘘だと。

つまり行動しないといけないということです。そのことを私が実際に学んだのはソニー時代でした。頭の中でいくら考えても新しい商品はできない。手を動かしているうちに、ねじを巻いてみようかなとか、回路をつなげてみようかとか、いろんなアイディアが浮かんでくる。考えているだけでは何も生まれないというのは、すべての職業に共通することでしょう」

吉村は年中無休で仕事をしていた。ある時期は元日も書斎に入っていた。

「小説さえ書いてりゃいいんだから」と言い、取材旅行も二泊三日以上はしなかった。帰心矢の如しで、離れにある書斎へ戻った。

〈三十年以上も使っている回転椅子に坐って机にむかうと、気分が安まる。煩わしいことがあっても、それらは跡かたもなく拭い去られて、落ち着いた気持ちになる。〉（『わたしの流儀』新潮文庫）

津村も「仕事が趣味の彼は、書斎にずっとこもっているのが最高の幸せで」と語っている。そうした記述から、吉村は小説を書くことが何より好きだったという印象を受ける。だが実際は一人こもった書斎で、人知れず死に物狂いで筆を進めていたのだ。

「だから決して湯水のように創作意欲が湧いてきて、書き続けてきたのではないんです」と司は言う。吉村も二百五十二枚まで書いて、それ以上書く意欲を失った小説を例にあげて、こう記す。

〈このように、私は小説を常に最後まで円滑に書き進めているわけでは決してない。毎日、小説のことばかり考えているのだが、しくじりは数えあげればきりがない。〉（『史実を歩く』文春新書）

津村も一行一行を絞り出すようにして書いていた。少し書いては読み返し、読み返した勢いで次を書く。裁縫でいえば半返し縫いのような筆の進め方だった。

二人は夫婦作家としてメディアからも周囲からも常に関心を持たれてきた。そもそも、ものを書く人間同士の暮らしというのは、どのようにして成り立っていたのだろう。

互いの作品を読まない以外にも、二人には定説があった。

〈家では小説の話は一切しない。〉（『回り灯籠』筑摩書房）というものだ。

津村も次のように書いている。

〈夫婦同業だから、お互いに理解があっていいでしょう、とよく言われる。共通話題もあり、

行き詰ったときには相談も出来て、と一般の人は思うようである。〉（『書斎と茶の間』毎日新聞社）

実際は、夫婦間の話題は家族や友人知人、食べ物のことなどで、一般の家庭と変わりないと津村は明かしている。

「父と母が小説の話をしていた記憶は、私にも妹にもないですね」

と司も証言する。

果たして、夫婦の間で小説のことはまったく話題にのぼらなかったのだろうか。

同人雑誌時代には互いの小説を読み、批評し合っていた。しかしある時期から津村は、吉村に作品を見せることをしなくなった。吉村の批評が辛辣で、書く意欲が失われるという理由からだ。

『戦艦武蔵』がベストセラーになってからは、吉村は自分の小説で手一杯になった。津村は瀬戸内との対談で、

〈私もやっぱり吉村が書いているときは、彼の書斎に入れないの。それこそ気がはりつめていて。〉（「文藝春秋」平成二十三年九月号）

と書斎には行きにくかったと述べている。そうして小説に関しては次第に他人になり、距離をとりながら、それぞれの仕事に集中していった。

作家の中には自宅とは別に事務所を構え、法人組織にしている人もいるが、二人ともそんな面倒なことをする気はなかった。

吉村の調査は綿密なことで知られていた。しかも亡くなる二年前を除いて新刊が刊行されなかった年はない。それほどの仕事をしていれば、秘書や助手がいて当然だろう。ところが小説を書くための調査や取材相手のアポイント取りも、すべて自分一人でこなしていた。

資料の相談役だった海軍史研究家の戸髙一成は、ブログに次のように記している。

〈……私が、「こんな資料がありますからコピーして送りますよ。」と言うと、「それは申し訳ないですから、私が行きますよ。」と昭和館に来ては自分で必要な資料のコピーを取っていました。一流の作家でご自分で資料のコピーを取るような人は他に知りません。〉（呉市海事歴史科学館　館長ノートｖｏｌ．57　吉村昭さんのこと）

吉村は生涯で小説三百七十一作（吉村昭研究会調べ）を手がけたが、取材相手と揉めたことは一度もないという。阿川佐和子との対談で、

〈阿川　書いた後でモメ事は？

吉村　ありません、一度も。〉（「週刊文春」平成十二年一月二十日号）

と言い切っている。相手がこれだけは知られたくないということは書かない。話をきいていれば、そう言われなくても判断できるというのだ。多くの実在人物を作品化しながら、一度もモデル問題を起こしていないのは稀有なことだと、吉村と長いつき合いの編集者は言う。

吉村に秘書はいなかったが、『戦艦武蔵』以降は、妻の津村がその役割を担った。小説の取材で吉村は全国を飛び回っているので、留守宅に取材相手から連絡が入ることがある。そ

の応対のために、ある程度小説の内容を把握しておく必要があった。

吉村が『戦艦武蔵』などの一連のドキュメント作品で菊池寛賞を受賞した際、師の丹羽文雄は〈妻とは仕事の上で干渉しあわないことになっていると聞くが、吉村君がここまでよい仕事の出来たのは、節度ある妻の協力があってのことにちがいない。〉と祝辞を贈っている。

仕事でのかかわりについて、吉村は次のように述べる。

〈でも、励まされるというか、そういうことはありますね。いまやっている祖先の仕事なんかも、『もうやめだ』と二度ばかり放棄しようかと思いましたが、女房が『でも書きようよ』と〉(「現代」平成三年七月号)

互いの小説は読まなくなっても、そのような助言はし合っていた。素人のアドバイスではないから、そのひと言で通じるのだろう。夫婦で小説の話をしていた記憶はないと司は言っていたが、子供たちがいないところでの時間があったのだ。

互いの小説は読まないというルールに関しても、瀬戸内は次のように疑問視する。

〈……私、昭さんはあなたの小説、読んでたと思う。あの人はほうっておけないのよ、節子さんのこと。〉(「文藝春秋」平成二十三年九月号)

現に、今度の津村の小説は書き出しがいいと、吉村が言ったのをきいたという編集者もいた。一九九六年(平成八年)の「小説新潮」八月号に発表された『同行二人』という短編で、〈急ぐ旅ではなかった。〉という書き出しは、確かに読者を自然に小説世界へと引き込んでいく。

さらには題材を提供し合うこともあった。

吉村は小料理屋などで耳にした話を、津村は美容院の週刊誌で読んだりしたネタを、相手の創作のヒントになるのではないかと思って伝える。幕末の長崎の写真師・上野彦馬は当初吉村が書くつもりだったが、これはお前が書くべきだと言って津村に資料を遺していった。

自分の仕事に全力投球しながらも、相手の仕事のことは常に頭の片隅にあったのだろう。ましてや緊急事態のときには最大限に助け合っていた。

津村が網膜中心静脈閉塞症で右目の視力を失ったときは、吉村がインタビュー記事のゲラを直し、随筆の口述筆記も試みている。

一方の津村は、吉村の死後に遺作『死顔』（新潮文庫）のゲラの校正をし、「遺作について——後書きに代えて」を記した。未刊行だった随筆をまとめて本にするときは、ゲラを読み、序文を書くこともあった。

夫婦同業だからできたことだった。

ところで、この章の最初のところで、吉村は嫉妬心がまったくないという津村の発言を引用した。夫婦同業ゆえの、嫉妬に関しては実のところどうだったのか。

二人は同志であると同時にライバルとみなされていた。

津村の『重い歳月』の中で、妻が初めて直木賞候補になったとき、「チクシヨウ、ヨカツタナ」という電報が夫から届く場面がある。悔しがる気持ちと同時に、同志として共有する喜び。夫の中の相反する感情がよくあらわれている。

しかしながら『重い歳月』は津村の小説であって、同じ時期を描いた吉村の文学的自伝『私の文学漂流』にそのような箇所はない。他の随筆でも、妻に対する競争心のような記述は見かけない。

夫婦で小説を書くのは地獄だな、と言われることに対しても、

〈でも、地獄の中にいるとね、順応性ができちゃってわかんなくなっちゃうんですよ。戦争中も食料不足その他で、まさに地獄だったけど、なんとなくすごした。戦争中と同じですよね（笑）。〉（「ノーサイド」平成四年十二月号）

と余裕の発言をしている。

一方の津村も同じ心境だったかと言うと、そうではなかった。多分に吉村の影響を受けていた。

〈女房ですから、向こうが不調だと心配になるけど、あまり好調だと、今度は自分のほうの自信がなくなってくるんです。やっぱり焦るんですよ。

毎日そばにいる人の好調、不調がわかり、それが直接響いてくる。向こうは歯牙にもかけていないけど、こちらは自分の仕事が停滞していれば焦ったり落ち込んだり……。そういう精神衛生上よくない状況をずっと引きずってきました。〉（「婦人公論」平成十二年六月七日号）

津村は丹羽文雄夫妻を例にし、夫だけが作家なら妻はあらゆる手を尽くして仕事を支えることができる。ところが夫婦同業で、夫もスランプ、妻もスランプとなると、わが身が大事

で夫のことを気にかける余裕はなくなってしまうという。

『戦艦武蔵』以降、吉村は精力的に書き始めた。

一年に八冊の新刊を出した年もあった。妻として夫の活躍を喜ぶ一方で、葛藤の時期がなかったわけではない。一九八五年（昭和六十年）に吉村が『冷い夏、熱い夏』で毎日芸術賞、『破獄』で読売文学賞と芸術選奨文部大臣賞を立て続けに受賞したときは、津村と親しかった先輩作家の芝木好子が「一つぐらい津村さんに分けて下さったっていいのにねえ」と言ったという。

妻と夫としては、夫を立てる良妻賢母かも知れない。だが、こと小説となるとそうはいかなかった。なにしろ津村が内に秘める負けん気は想像を超えるものがある。

その気性は母親譲りのようだった。

〈母の気性を受け継いで私も勝ち気であったのか、習字に通っている友達の字が教室に貼り出されると、私も習字に行きたいとせがみ、珠算塾に通っている友達が、珠算の時間にあざやかな腕前を見せると、それが羨ましくて珠算塾に通った。〉（『風花の街から』毎日新聞社）

吉村に対する競争心は、学生時代に吉村の『死体』を読んだときに芽生えた。同人雑誌時代から、吉村の小説は抜きん出てうまかった。

津村は九十歳のときのインタビューで胸の内を語っている。

「吉村がいい作品書くと、わあ、こんないい作品書くなんて、まいったなと思うんです。負けちゃいられないと思うんですね。向こうは私のことなんか全然目じゃないんです。こっちはね、ライバルなんです。（略）吉村には負けたくないって、そういう感じでしたね」（福井県ふるさと文学館「津村節子氏人生を語る〜これまでの歩み、そして明日への思い〜」）

「吉村には負けたくない」という負けん気は随筆には見られず、このとき初めて語った本心だ。津村には現状に満足していたら先はないという焦りが常にあったという。現状よりも上のところへ行きたい。飽くなき向上心はそこから生じているのだろう。

〈作品の数からすると、私は夫の足許にも及ばない。そのうえ、次々賞を受賞するし、しかも売れる（笑）。これはつらいものがあります。今はもうそういう時期を過ぎて、何もかもわかっていて弱みも恥もさらけ出せる夫婦同業でよかったという境地にまで至りましたし、量より質だとうそぶいていますけど。（笑）〉（「婦人公論」平成十二年六月七日号）

また、こうも述べる。

〈「私はねえ、あの人が戦車で走っていくそばを必死で自転車漕ぎながらずーっと走ってきたような気がしますね（笑）」〉（「ＭＩＮＥ」平成二年十一月二十五日号）

ソニー時代に司の同僚が小説を書いたことがあった。

司の父親のことを知っていたので、どこかで原稿を見てもらうことはできないかと言われ、吉村がある出版社を紹介した。そのとき吉村が尋ねた。

「その人は死に物狂いで書いたんだろうな」

司は返事に窮した。小説は命懸けで書くもの。それは両親を見ていればうかがい知れた。

吉村が会社勤めをしていた頃、夜更けまで書き続ける姿を司は寝床から盗み見している。

「すさまじい形相で書いていました」

二人が書斎を持つようになってからも、子供たちは自由に書斎に出入りできたが、殺気立った雰囲気を感じてそっと退室することもあった。

一家の主として、筆一本で家族を養ってきた吉村だが、弱音を吐いたことはなかったのだろうか。

「一度だけありました。ある時期、喜多郎の『シルクロード』のCDをずっとききながら原稿を書いていました。音楽をききながらというのは、たぶんそのときだけだと思います。作品のタイトルは、『喜多郎』でもいいぐらいだと言っていました。

それより前に、あれだけ毎日原稿を書いていた父が、ある期間書かないことがあったんです。そしたら本当に書けなくなったんでしょうね。俺ももう年なんだろうなと思ったと言ったことがありました」

万年筆が動かなくなったときのことは、吉村も随筆に書いている。五十代の頃だろうか。四ヶ月ほど書くのをやめ、読書に専念した時期があった。四ヶ月が過ぎ、一ヶ月後に締切のある短編小説にとりかかった。一行目を書いたが、そこから万年筆が動かなくなった。

〈こんなはずはない、と、私はあせった。書くべきことが頭にあるのだが、それが文章になってくれない。

私は苦しみ、なんとかして無理に二行目を書き、それから壁に体を突き当てるような思いで書き進め、ようやく締切日までに書き上げることができた。

その間、私は、今後、小説を書くことができなくなるにちがいない、という恐怖に似たものを絶えず感じていた。〉（『履歴書代わりに』河出書房新社）

そのことがあってから、書かない期間を設けることは避けるようになった。日記をつける習慣が身についたのもそれからだった。毎日、万年筆さえ握っていればいいのだと自分に言いきかせた。

「だから、無理やり手首を原稿用紙の上に置く、と言ったのでしょうね。自分が書けなくなったら、吉村家はどうなるのだろうという不安があったのでしょう。母だってプロだから、収入はあるわけですよ。そこまで心配する必要はないのに、強迫観念があったんですね」

吉村の出発点は短編小説だった。

作家デビューを果たしたあとも、他のジャンルの小説を書いても、短編だけは書き続けた。

〈私はね、ほんとは短篇が大好きなんですよね。短篇が好きで小説家になったようなもんで、短篇集っていうと必ず買ってたんですね。だから、まさか自分が長篇を書くなんてぜんぜん思ってなかったんだけど。でも短篇書いてるのが、やっぱり生き甲斐なんですよね。〉（『吉村昭が伝えたかったこと』文春文庫）

長編小説に比べ、短編小説集は売れないというのは出版業界で言われていることだ。文芸誌に短編が載っても、原稿料が吉村家のお手伝いのひと月の給料より安いこともあった。

それでも吉村は短編にこだわり続けた。一九九〇年（平成二年）から刊行が始まった、初めての個人全集『吉村昭自選作品集』のときは編集者にこう伝えた。

「記録文学だけで作るんだったら、作ってくれなくていい。文学的な短編小説や私小説も含めて、編集してくれればとても有難い」

そうして長編の歴史小説を書いたあとは、現代を背景にした短編を書くのを習慣にした。

「吉村は純文学の短編を書きたかった」

と津村も述懐する。家族のために記録文学の道を選んだあとも、胸の奥底には純文学への執心が変わらずにあったのだろう。

社会人になったとき、司は吉村からある厳命を受けた。

「二人の作品を読んで、衰えてきたなと思ったら、どんなに書きたがっても、筆を折らせろと言われました。首をかしげるような作品を発表し続ける作家をたくさん見てきたからでしょう。そういう原稿を渡されても、若い編集者は何も言えませんからね。読者に対する裏切りですから、そうはなりたくないと父は思ったんでしょう」

引き際が肝心だという吉村らしい作法だった。作家の子供ゆえの特殊な任務で、辛い役割になるだろうと司は思った。

生前に発表された最後の短編『山茶花（さざんか）』の原稿を編集者に送ったときも、〈……もしも好ましくないようでしたら、その旨、御返事下さい。私の恥になることですから、お返しいただいた方がありがたいのです。〉と吉村はファックスに書き添えている。

しかしながら司の特殊な任務は遂行されることなく終わった。

第四章

かけがえのない家族

小説を書くにあたって、吉村にはいくつかの流儀とも言えるこだわりがあった。

その一つに、取材は必ず自分自身で行うというのがあった。吉村は「調査」という言葉を使っていたが、編集者を伴うことなくいつも一人が原則だった。

そして小説の舞台となる現地に必ず足を運んだ。活字となった記録がいかにあてにならないかを痛感していたからだ。

たとえば『破獄』の取材の際に、脱獄犯が網走刑務所を脱獄したのは、『北海道警察史』でも『網走市史』でも大暴風雨の夜となっていた。ところが念のため網走地方気象台に行って調べてみると、その日は快晴と記録されていた。

小説の調査のために日本の都道府県で足を踏み入れていない地はなかった。とりわけ『破獄』や『羆嵐（くまあらし）』などの舞台となった北海道は百五十回以上行っている。『戦艦武蔵』の長崎は百八回。『ふぉん・しいほるとの娘』や『長英逃亡』の愛媛県の宇和島は五十回前後。

吉村は小説の取材以外の旅はめったにしなかった。従って夫婦で旅行をするなら、妻が夫の取材先についていくしかなかった。吉村が百八回訪れた長崎に、津村は五十回ほど同行している。

「彼がどういうところで、どういう取材をするのか、そういう興味もありました。仕事を抜きにして、景色のいいホテルに泊まって、おいしいものを食べる旅行がしたいと言ったら、そんな時間はないと言われました。そういうことに興味がない人なんです」

一度でいいから一緒に観光旅行をしてみたかったと津村は言う。

吉村の取材先に津村が同行する旅も、同じ飛行機には乗らないという掟があった。もし飛行機が落ちたら、あとに残された子供たちが困ると吉村は言うのだ。羽田まで一緒のタクシーで行き、別々の飛行機に乗り、現地で再び合流するのが常だった。

その飛行機だが、吉村が全日空、津村が日本航空と決まっていた。

〈かれは日航ジャンボ機が墜落した事故以来、日航機には乗らないことにしている。私より自分の命が大切だと思っているのだろう。〉（『夫婦の散歩道』河出文庫）

と津村が記す。その真相はさておき、

「ひと言で言うと、父は心配性なんです」

と司は言う。子供の主体性を尊重した吉村は、司の行動を制限することはなかったが、一度だけ禁じられたことがある。

「家族で伊豆の今井浜に行ったときでした。父は私に、泳ぐなと言ったんです。確かに今井浜は波が高いところですが、海水浴のメッカ。わざわざ海水浴に行って、泳ぐなはないでしょうと思いました」

結局、司は泳いだ。しょうがないな、というように吉村は眺めていた。

また、こんなこともあった。

「東伏見に住んでいた頃、母が吉祥寺までバスに乗ってお茶の稽古に通っていました。それも行くなと、父は反対したんです」

お茶の稽古のことは、津村が随筆に書いている。

〈夫は、私が外出することを喜ばず、出るときには何かしら文句を言い、何時に帰るか、と必ず聞く。約束の時間を過ぎると機嫌が悪いのでオチオチしていられない。その頃私は、週に一度お茶の稽古に行っていて、快く出して貰ったことがなかった。〉（『書斎と茶の間』毎日新聞社）

稽古に出かけようとして、深入りするのは小説だけにしておけと言われ、津村は着ていた着物を脱ごうとした。しかし、せっちゃんというお手伝いが、お茶の稽古ぐらい行かせてあげてくださいと強く抗議し、吉村のほうが折れた。

お茶の稽古に限らず、吉村は津村が家を空けることにいい顔をしなかった。

比較的友達は多いほうという津村は、〝花の五人組〟と称する親しい女性作家たちとしばしば旅行に出かけた。五人というのは、芝木好子、曽野綾子、原田康子、岩橋邦枝、そして津村である。国内はともかく、海外旅行となると、途端に吉村の機嫌が悪くなった。曽野綾子が、ピンクヘルメットをかぶって無理解な夫を脅しに行きましょうと言ったほどだった。

吉村には、自身の母親について書いた次のような一文がある。

〈終戦直前に病死した母は、外出するにも絶えず父のことを意識していた。買物に私を連れてデパートに行っても、時計に注意し、父が外から帰宅するまでに家に帰るようにしていた。

今思い返してみると、気の毒でならない。主婦は常に家にいるものという概念があり、自由は失われていた。〉（『縁起のいい客』文春文庫）

この箇所を取り上げて、自身の妻への対応と矛盾しているのではないかと私は書いたことがあった。しかし、それには理由があった。

「母は、よく転ぶんです。今でも」

と司は言う。津村は歩くのが速く、先祖は飛脚かと吉村にからかわれていた。年の瀬の忙しいときに、三年続けて転んで捻挫と骨折をしたことがあった。越後湯沢の駅で落とし物を拾い、それを落とし主に手渡そうとして階段から転げ落ち、頭を打ったこともある。

老衰ではなく転倒で亡くなるのではないかと、司は自身のＳＮＳに投稿している。

津村がよく転ぶのは、七十三歳のときに網膜中心静脈閉塞症で右目の視力を失ったことも原因だった。

日常生活には支障がないまでに回復したが、夫婦で外出するときは吉村が津村の腕をとって歩いた。その姿を見た近所の人に、「お仲がおよろしいですねえ」と言われることもあった。

「お茶の稽古に反対したのは、自分のそばにいてほしいという、愛情からの独占欲もあったかもしれません。でも主たる理由は、外で何かあってはいけないという心配で、だから外出はするなと」

津村の随筆に次のような記述がある。

〈駅に着いたと電話をすると、家にいる者が散歩がてら途中まで迎えに出る。〉（『夫婦の散歩道』河出文庫）

家にいる者となっていたので、てっきり夫婦ともに迎えに行く習慣なのかと思っていたら、吉村が津村を迎えに行くだけで、津村が行くことはなかったという。

「おふくろは、なんで私が出かけると、迎えに来るのかしら。めんどくさいわねえと言ってました。父はいつも電信柱のところで母の帰りを待っていました。そうすることで母にプレッシャーを与えようとしたのかも。俺がこんなに心配してるんだから、あんまり出歩くな、と」

津村は若い頃からヨガ教室に通い、地方に行けば寸暇を惜しんで名所旧跡めぐりをした。毎晩飲む酒が唯一の楽しみという吉村と違い、多趣味で好奇心も旺盛だ。小説の執筆のために陶芸教室に通うなど、自身の取材で出かけることもあった。

「父がそこまでの心配をしたのはなぜだと思います？」

と司は問いかける。

「大切な家族を失いたくないという気持ちが強かったからだと思います。そもそも結核の手術で肋骨が五本もない体で、自分が家庭を持てるとは思っていなかった。その家庭を思いがけず手にしたことで、家族はかけがえのないものとなって、誰一人として、決して失いたくないものとなった。だから私にも、危ないことはするな、泳ぐなと言ったのでしょう」

津村の姉夫婦の家に結婚の挨拶に行く際、吉村の親代わりの三兄は、ほんとうに了解をもらっているのか、恥をかくのは嫌だと案じている。吉村自身も津村に結婚を申し込んだことは〈無謀というほかはない〉（『一家の主』ちくま文庫）と書いている。

津村も次のように記す。

〈兄にしてみれば、弟が心配しているように吉村の結婚の条件は悪過ぎる。第一、肺病で骨を五本も切除する胸郭成形術をしている男など、まともな家庭の家では娘の結婚相手として考えられない筈である。もし私に両親がいたなら、猛反対しただろう。〉（『果てなき便り』文春文庫）

津村姉妹を気にかけていた伯父には、結核のことは伏せたままの結婚だった。

またとない出会いによって理想の妻をめとり、持てるとは思っていなかった家庭を築いた。誰一人失いたくないという気持ちは痛いほど伝わってくる。それに加えて、〈生きてゆくことは、一刻一刻死に接近してゆくことなのである。〉と記し、死を扱う小説が多い吉村は死生観も特有のものがあった。戦時中の原体験も大きいと司は言う。

「戦争の大空襲で、川に死体が四、五十体浮かんでいるのを見て、いつ死んでもおかしくない経験をしてますからね。そのうえ結核でしょう。人間はあっという間に死ぬ。家庭も何かの拍子にあっけなく瓦解する、という強迫観念があったと思います」

そもそも吉村にとって、家庭とは、家族とは何だったのだろう。

「家庭愛に飢えていたということはあると思います。一家団欒とか、家族愛というものに触れたことがなかったんですね」

司がそう語る背景には、吉村が生まれ育った家庭があった。

第一章で述べたように、吉村は九男一女の八男だった。母親は子供の名前を思い出せず、

「そこの子」と呼ばれることがあった。

「嫌だなー、僕は昭だよ、と父は返したそうです」

母親は唯一の女児を可愛がり、デパートに連れて行っては洋服を買い与えた。吉村の下の愛くるしい弟にも目をかけていた。

その間にはさまれて、吉村に卑屈な感情が芽生えた。吉村が四歳のとき、生家が火事になった。風呂を沸かすのに薪を使っていて、その火が原因だった。

〈父は外出していて、母が幼い弟を抱き姉の手をひいて避難したが、私は、廊下に坐ってしくしく泣いていた。家の中には煙が立ちこめ、天井からは水が滝のように落ちていた。その中で、私は静かに泣いていた。（略）

その幼い日の夜のことは、今でも鮮明に記憶している。〉（『私の引出し』文藝春秋）

翌日、昭がかわいそうじゃないですかと、三兄が母親に抗議した。普段から吉村の姉と弟ばかり可愛がっているので、火事のときにもそれがあらわれたと言って怒った。

依怙贔屓（えこひいき）する母親だけではなかった。父親の愛情もうすかった。

吉村は次のように記す。

〈その頃、私は、幼時から一度も父の皮膚にふれたことがないことを不審に思うようになっていた。父は、子である私の手をひいて歩いてくれたことも、膝にのせてくれたことも、抱いてくれたことも背負ってくれたこともなかった。〉（『その人の想い出』河出書房新社）

家での父親は絶対君主だった。しつけは厳しく、起床時と就寝時、学校から帰ったときは両親の前で正座し、手をついて挨拶した。父親が経営する工場の始業は午前七時で、その時間に起きていなければ父親の怒声が飛んだ。

酒飲みで、待合の女将を愛人にしていた父親については、早く死んでくれたほうがいいと思ったと、池波正太郎との対談でも語っている。

津村も吉村の生い立ちに触れている。

〈かれは九男一女の八男に生れ、あまり両親に可愛いがられた記憶がないという。特に夫の父は事業をしていたので忙しく、子供は母にまかせ切りであったらしい。父の肌に触れたのは、父が死んだときが最初で最後だったという。〉（「婦人公論」昭和四十六年五月号）

前年に母親が亡くなり、父親の臨終に立ち合ったのは吉村と待合の女将だった。それぞれが両側から手を握った。初めて触れた父親の手は、頼りないほど柔らかかった。

親に愛情を注がれる、ということを知らずに吉村は育った。

二〇二二年（令和四年）に東京の荒川区にある吉村昭記念文学館で、「吉村昭と津村節子―故郷と家族の記憶―」と題した展示があった。

津村の展示では、昭和初期に写真マニアだった父親による家族の写真が並び、シネカメラで撮った映像が放映されていた。家族五人で小旅行に出かけ、母親が作った弁当を皆で楽しそうに食べている。三姉妹の華やかな晴れ着姿もあった。子煩悩だった父親による映像や写真は笑い声がきこえてきそうなものばかりで、幸せな一家の記録になっていた。

それに対して吉村は家族の写真が少なかった。写真に写る吉村はどこか寂し気で孤独な気配が漂う。ともに裕福な家庭ではあったが、肉親の愛情ということに関しては対極にあるように映った。

両親を早くに亡くしたのは同じだが、津村には同居する祖母や三姉妹を案じる伯父がいた。一方の吉村には庇護してくれる大人はいなくなった。

結核の大手術のあとの療養は四人の兄たちの世話になった。当時結核は死の病で、一家全員が感染する例もあった。兄たちの家には幼い子供もいて、子供に感染する危険もある。その上終戦の三年目で食糧事情は厳しく、栄養を必要とする療養者は迷惑な存在だった。兄嫁たちは嫌な顔もせずに置いてくれたが、何も言われないほうが、かえって心理的負担があったかもしれない。

居候三杯目にはそっと出し、のような遠慮をしていた。一人の兄では面倒をみきれないので、一定期間が過ぎると他の兄の家に回される。まさに厄介なお荷物の扱いだった。

そのときの屈辱感が吉村の身に沁みついた。

大学時代は兄たちの援助を受けたくないために、家庭教師のアルバイトをかけ持ちした。就職した三兄の会社を、結婚の一週間前に辞めてしまったのも卑屈感がかかわっていた。

後々まで引きずる心境を、吉村は記している。

〈幼年時代、姉と弟の間にはさまれて日々を送った私には、すでに卑屈な感情がきざし、それが療養中に硬い鉱物のように私の核となってしまったように思う。

六十代の半ばに達し、私は、ゆったりした気持ですごしたいと思うが、胸の中に厳然と居

坐った核をくずしようもない。この頑なな性格を私は持て余している。〉（『私の引出し』文藝春秋）

居候三杯目には……を味わったからか、この居候的卑屈感はとりわけ食事の場面で尾を引いた。

〈食卓につくと、私は、無意識に家族と自分の副食物を見くらべる癖がある。自分の前に出された副食物が、果して家族と同質のものかどうか、私の副食物がかれらより少量なのではないかということが気になるのである。

妻は、私のそんな癖をひどくいやがっている。〉（『月夜の記憶』講談社文庫）

その随筆によれば、友人との旅行で山小屋に泊まったときに、他の人の皿にはメンチカツとコロッケが一個ずつのっていたが、吉村の皿にはコロッケが二個で、抗議もできずに憮然とした気持ちで食事をしたこともあったという。

浅ましいことだと思っても、沁みついた感情が核になっているため、見過ごすことができないのだろう。自伝的小説では妻に次のように言われたと記す。

〈「いやな癖ね。お兄さまたちの家に居候をしていた頃のことが跡をひいているんでしょうけど、いい加減に忘れなさいよ。その癖が直らないままあなたが年をとってゆくかと思うと、ぞっとするわ」〉（『一家の主』ちくま文庫）

そのような卑屈感や愛情に対する飢餓感を、吉村は手紙でも妻に打ち明けている。

〈さて、節子、
僕の許を離れるな！

僕は生来愛に飢えてゐるくせに、病気この方、変に冷い態度を装ふくせあり。病前にはなかりしことなり。あはれと思ひ、寛恕せよ。性格、欠点多し。ために愛想をつかし、離婚なぞせぬやう。僕が、どんなわがままを云つても、決してはなれてくれるな。

節子よ。〉（『果てなき便り』文春文庫）

『果てなき便り』は二人の書簡を集めたもので、手紙という形式だからか、小説や随筆にはない吉村の素の一面が見えてくる。

吉村のどんなわがままも津村は受け入れていたのだろうか。吉村はこうも綴っている。

〈僕が気難しいと貴女は言いますが、両親に早く死別し、兄たちの家を転々と居候した間に生れた卑屈感、拗ね、その反動としての威丈高であると理解し、お許し下さい。人間は、いい環境で育たねばならぬものだ、とつくづく思います。〉（同）

ここまでの心情を吐露しているのは、家族だからできたことでもあるだろう。

少年時代から吉村は、この女と結婚したらという空想をしていたのを思い出してほしい。吉村にとって結婚は、〈居候生活からの脱出〉（『一家の主』ちくま文庫）だった。

そのために異性に求めていたのは恋愛対象の女ではなく、自分と家族になってくれる相手だった。生家では味わえなかった「家庭」を、ともに築く伴侶として女性を見定めていた。

理想の妻に世話女房をあげていたのは、かいがいしく自分にかまってほしいという切なる願望のあらわれであろう。司が吉村の胸の内に心を寄せて語る。

「家庭に対する一方ならぬ気持ちがあったんですね。家庭愛に飢えていた人だから、家族を非常に大事にしました」

家族の生活を支えるために仕事に励む一方で、家族との時間を大切にした。日々、家族と囲む食卓。そして節目ごとの吉村家の行事があった。日本に古くから伝わる年中行事やしきたりを吉村は重んじた。

〈行事というものがなければ、人間の生活は、節のない竹のようにしまりのないものになってしまう。〉（『私の引出し』文藝春秋）

とりわけ重要なのが正月で、大みそかには除夜の鐘をきいて、家族そろって近くの弁財天に初詣に行く。元日はおせちと雑煮で新年を祝った。

〈朝湯に入り、酒を飲み、座ぶとんを敷きならべて眠る。これは、戸主の特権であり、年頭匆々からわが家で最も偉大なのは私であることをかれらにはっきりと示しておく機会でもある。〉（『蟹の縦ばい』中公文庫）

節分には豆まきをし、雛祭りには五目寿司を作り、端午の節句は菖蒲湯。七夕には笹飾り、お盆には盆飾り。冬至には柚子湯に入り、南瓜を食べる。

「井の頭公園の春」と題した記録映画も、吉村家の恒例の行事だった。

毎年、井の頭公園の桜が咲く頃、家族四人が総出演で八ミリ映画の撮影をした。

撮影者は司で、一家が花見に家を出るところから始まる。主演男優は吉村で、主演女優は津村。公園の池の周囲を一周し、昼酒に酔う花見客や、途中で出会う友人知人もエキストラで出演する。

最後は主演女優の津村が桜の木の下で微笑む場面と決まっていた。

〈この映画は、今後もずっと撮り続け、やがて私の髪が白くなり、痩せて小さくなっても、同じ桜の樹の下で笑わなくてはいけない、と夫と息子は言う。そんなに老いてからの大写しは嫌だと言っても、二人は聞き入れないだろう。〉(『女の引出し』中公文庫)

行事は一家だけのものではなかった。正月の年始は吉村の兄弟の家を回った。三、四軒の家に新年の挨拶に行き、子供たちはお年玉をもらうのが楽しみだった。

兄弟の恒例行事に「吉村会」の旅行があった。バスを貸し切っての旅行で、総勢四、五十人が集まった。子供の頃から参加していたという司が回想する。

「この大旅行のすごさといったら……。結婚してからも、娘二人を連れて行きました。吉村会というところに行くぞ、同じ苗字の人たちが集まる会だと説明しました。そしたら何十人といる。これみんな親戚なんだよと言ったら、娘たちは非常に驚いていました」

吉村会のことは、吉村も書いている。

〈私は男ばかり六人兄弟の五番目で、十五年前から毎年一月に、兄弟とその家族で静岡にある菩提寺に行って墓詣でをし、温泉地に一泊することが習わしになっている。今日はその旅行に行く日で、幹事役は弟が引受けている。泊る温泉地は伊豆半島東海岸の稲取温泉に定め、弟の発案で貸切りバスで行くことになっていた。〉(吉行淳之介編『また酒中日記』中公文

庫）

このときは兄の孫たちも加わった総勢四十一人のツアーだった。ところが旅行の前日に、伊豆で大きな地震があった。中止も検討したが、墓参りだけはすることになり、ホテルを長岡温泉に変更した。バス旅行には団体さんのような印象を抱いていたが、便利で快適なものだと知ったと吉村は述べている。

自身が幸せな家庭を築いたことで、結核の療養時に抱いた卑屈感も、この頃にはやわらいでいたのだろうか。

津村によれば、吉村会は二人の結婚前後から続いていた。

〈一年に一度、夫の一族が集まる吉村会は、東京からほどよい距離であり、一族が守っている小さな寺が静岡県の富士市にあることから、伊豆で開かれることが多い。もう三十年も続いているから、主だった温泉地はみな行ってしまった。〉（『女の居場所』集英社文庫）

行先は主に伊豆だが、箱根や鬼怒川温泉に行ったこともあったと司は言う。

「夜の宴会では、ステージに上がって皆が歌を披露しました。娘たちも、でんでんむしむし、かたつむり……とうたって。ものすごい音痴の人が一人いて、大爆笑になりました。父は都々逸（どどいつ）をうたってましたね」

吉村の酔いの度合いを測るのに、都々逸級、ソーラン節級というのがあった。

吉村の酒は陽気で、度が過ぎると都々逸をうたった。さらに酒が進むと、ソーラン節をうたう。酒は強いので、都々逸級までいくことはめったになかった。

吉村会以外でも、吉村は親族と酒を酌み交わすことがあった。津村の姉や妹の夫もいける口だった。

ともに早くに両親を亡くしたためか、きょうだいの結束が強かった。津村の三姉妹も仲がよく、年に一度三人で伊豆や箱根、京都を旅行した。都内のホテルで二泊三日の夏休みをとるのも恒例だった。それぞれの夫を同伴して食事や旅行にも出かけた。

津村が次のように記す。

〈夫の親族とはしょっちゅうつき合っていますから、遠慮も気がねもいらない関係なんですね。お友達よりも、お互いの家の事情がよくわかっているし、自分の兄弟と同じように感じています。（略）

どちらも、兄弟同士仲がいいのに加えて、お嫁さんや旦那さん同士も仲よくなっちゃっているんですね。〉（「婦人公論」平成五年十月号）

津村と吉村が夫婦ゲンカをすると、津村の姉は津村側に、姉の夫は吉村の側に立ち、集団的夫婦ゲンカに発展した。

吉村家の嫁だけでハワイ旅行にも行っている。このときも吉村はいい顔をしなかったが、なぜ行かせないのかという周囲からのプレッシャーに負け、津村は参加することになった。

〈同じ家のお嫁さんだから、旦那の悪口も含めて共通の話題がたくさんあるんですよ。「吉村の男ってどうしてああ頑固で我がままなのかしら」とか言い合って、晴れ晴れして帰ってきました。〉（同）

二人の結婚を後押しした吉村の弟の隆は、津村が「一卵性双生児」と言うほど吉村と仲がよかった。吉村が結核で療養中も、隆は献身的に看病した。結婚前に吉村が津村を食事に誘ったときは、隆が同席し、支払いも隆がしていた。

結婚前のある日、吉村には内緒でと、津村は隆に呼び出された。

〈「兄貴はあんな軀だし、偏屈で癇癪持ちだけれど、結婚してくれたら僕は出来るだけのことはします」

弟は、テーブルに額がつくほど頭を下げた。おそらくそうだろう、と私はかれの熱意に胸が熱くなった。まるで、弟に口説かれているような気がした。〉（『ふたり旅』岩波書店）

両親を亡くしてから、身を寄せ合うように生きてきた兄弟は強い絆で結ばれていた。吉村にとって弟は唯一家族と言える存在だったのかもしれない。

それだけにがんに侵された隆の最期を描いた『冷い夏、熱い夏』（新潮文庫）は、胸苦しい悲痛な響きを残す。

隆夫婦には子供がいなかったため、吉村の子供を可愛がり、長女のために段飾りの雛人形を買いに車を走らせたこともあった。兄さんと義姉さんの子供がほしい、もう一人子供を産んでくれと津村に頼んだのも、本心からではなかったか。

隆を本当の弟と思っていたという津村が述懐する。

「私は隆さんを頼りにしていて、何でも隆さんに相談していました。隆さんはお兄さんのことばかり考えている人でしたから。兄さんがわがままを言ったらいつでも飛んでいくからと言って、よく車を飛ばして来てくれました。私は早くに両親を亡くしたので、結婚できょうだいが増えて身辺が賑やかになったのは幸せでした」

きょうだいや嫁同士だけでなかった。吉村家は嫁姑も仲がよかった。

司夫婦は吉村の家の隣に住んでいる。その家の住人だったスペイン人が帰国することになり、吉村が家を購入した。息子夫婦がそこに住んでくれたらと願っていたが、司はきき入れなかった。

「親が用意した家に住むのが嫌でした。しがないサラリーマンですが、私だって働いているわけですから」

それを説得したのが司の妻だった。到来物があると津村は若夫婦の家に届け、司夫婦に子供が生まれるまでは嫁を食事やお茶に誘っていた。

嫁と姑について吉村は次のように述べる。

〈嫁と姑の場合は、古今東西むずかしいものと相場がきまっている。ところが、それがうまくいっているのは、嫁と姑が味方意識をもっている場合である。味方であるからには、当然、共通の敵が必要だが、それは、嫁にとっての夫であり姑の息子である。（略）

味方同士であるから、嫁と姑は絶えずおしゃべりをし、食事をし、買物に出掛ける。二人の女から攻撃される夫は、苦笑し、小さくなっている。このような家庭は、平和そのものである。〉（「婦人公論」昭和五十三年九月号）

嫁も姑も賢いと感心すると記しているが、吉村家がまさにそうだったのだろう。姑の津村だけでなく、吉村も嫁の味方をした。司の妻が語る。

「私に急用ができて、子供のお迎えに行けなくなったとき、主人に行ってくださいと頼んだことがありました。てっきり行ってくれているものと思って家に帰ったら、子供は義父母の家にいた。主人は行ってくれてなかったんです。

そのときの私の表情を、義父は見逃さなかったのでしょう。翌朝うちに来て、玄関のところで主人に、妻の言うことをきかなきゃダメだぞと。私が台所でその声をきいているのもわかっていて、そう言ってくれました」

家族愛と絡んで、吉村がこだわったことに墓がある。

「物心ついた頃から、墓の話をされて、うんざりしていました。俺は死ぬ、絶対死ぬと、しょっちゅう言うんです。一般的に子供というのは、親は死なないものと思っていますから、死ぬということを突きつけられて、とても嫌でした」

と司は苦笑する。

静岡にある吉村家の菩提寺は、十一代前の先祖が建てたものだった。

その一角に吉村も墓地を分けてもらっていた。富士山がよく見える場所だった。そこには弟夫婦も入ることになっていた。息子といえど第三者に迷惑をかけないことを信条にしている吉村は、司に墓参りの意向を確認している。

「静岡の菩提寺に行くたびに、ここに入るから、絶対来いって言うんです。父のそれまでの体験から、死は身近にあるもの。時間は有限だという感覚があったのでしょう」

吉村は生前「死んだら無」と言っていた。そう言いながら墓にこだわっていた。

墓地を買ったとき、吉村は四十代だった。津村は早過ぎると反対したが、吉村はいずれ必要になるものだと話を進めた。

〈ところが今年になって、夫が墓地を整備して墓を建てておきたい、と言い出した。私は、今度こそ大反対をした。なぜ死にもせぬうちからお墓を作る気になったのか、とたずねると、子供たちにはそんな力はないからだと言う。（略）

「小説を書くなどという仕事は不安定なもので、現在の状態がいつまでも続くと思うのは間違いだ。おれが出来るうちに、出来るだけのことをしておく」〉（『女の引出し』中公文庫）

慎重かつ一家の主らしい吉村の発想だ。住職に相談すると、墓を建てるのはどちらかが亡くなったときでいいと言われ、吉村はそれならすぐにでも墓石が建てられるようにと、知人に墓地の設計を依頼した。

ところがその後、吉村が菩提寺の住職とケンカ別れした。

寺を建て替えるための寄進を求められ、吉村は亡くなった弟の分も出した。だが亡くなった三兄の長男はとても出せないと言った。それで吉村が寺と交渉したところ、出せないなら戒名を降格させると住職に言われた。

吉村は怒り、寺と絶縁した。そのために新たな墓所を探すことになった。

「どこに墓を建てるか、小説を書くのと同じぐらいに、ものすごい執念でやっていました。家族が来やすくて、維持費用の負担が少ないところが条件だったようです」

と司が証言する。新聞に霊園の広告が出ると見に行ったりしていた。そうして検討を重ねた結果、マンションがある越後湯沢になった。

越後湯沢にマンションを買ったときのことは津村が記している。

〈「ここなら、お父さんは買うわ」

と私が言ったのは、温泉街の両側が軒並み東京ナンバーの車が停るそば屋やすし屋、居酒屋だったからである。〉（『三陸の海』講談社文庫）

軽井沢の別荘をすすめられても吉村はその気にならなかったが、越後湯沢の温泉街の飲食店は気に入った。新潟の名酒や新鮮な魚を味わうのが楽しみで、ひと月に一度くらいの割合で夫婦で休養に行った。

当時の町長とも一緒に酒を飲むようになり、吉村は生前に町営墓地に墓を建てた。マンションがあるので家族も来てくれると思ったようだ。

「父が墓にこだわったもう一つの理由があります。家族愛がある家庭は墓参りをするものと思っていた節があった。亡き父親のことを思い出して、みんなで墓参りに行くとか。でも私にとって墓はほとんど意味がないんです。父に会うなら小説を読んだほうがいい。湯沢に行っても墓参りを忘れるくらいなんですが、理由を考えると、父がこだわったのも仕方ないかなと思います」

湯沢を訪れるたびに、吉村は自分の墓を見に行くのを楽しみにしていた。
〈昔から現在まで、親の墓は子供が守ってきた。長く長くつづいてきたことは、いかなる時代になろうとも今後も果しなくつづけられる証拠であるといっていい。〉（『月夜の記憶』講談社文庫）
息子夫婦が墓参りをし、やがてその子供が墓参するようになる。そうして生命が受け継がれ、家族の歴史が刻まれていく。死んだら無と言っていた吉村が、墓に執着した理由はそこにあるのかもしれない。

ところで、吉村作品に通底するテーマとして「孤独」がある。
絶海の無人島からの脱出を描いた『漂流』、孤高の俳人・尾崎放哉（ほうさい）を主人公にした『海も暮れきる』、前野良沢（りょうたく）の孤然とした生涯を追った『冬の鷹』など、あげればきりがない。
〈「歴史小説を書いててもね、主人公が僕に乗り移っちゃってるから、私小説を書いてるようなもんなんです」〉（「週刊宝石」平成三年十月二十四日号）
と吉村は述べている。吉村自身が一人の時間を好んだことは随筆にもある。
〈ホテルにもどり、最上階などにあるバーで水割りのウイスキーを飲む。知っている人もいず、ただ一人でカウンターの隅に坐って、グラスをかたむける。わびしく淋しい気はするが、そんな気分が私は好きでもある。〉（『事物はじまりの物語／旅行鞄のなか』ちくま文庫）
一人にこだわる記述は他にも見られる。『戦艦武蔵』の取材の折、『長崎の鐘』の著者・永井隆の粗末な住居に立ち寄った。長崎市内に残る二畳一間の如己堂（にょこどう）のことだろう。
妻子のいる東京の平和な家庭を有難いものと思いながら、吉村の中に予期せぬ衝動が湧いた。
〈……永井隆氏の部屋を眼にした時、氏の悲惨な死に胸をしめつけられながらも、妻と子とはなれ、この町のこんな部屋にひとり住みたいという思いがけない強い願いにとらえられた。ひとりぐらしの気安さを、私は知っている。ひとりで暮すことの方が、私の本来の姿ではないのだろうか。〉（『戦艦武蔵ノート』文春文庫）
本来の姿かどうなのか。このときの願望は一時の衝動で終わったのだろう。しかし四十代のときには、「家族旅行」というタイトルで次のようにも書いている。
〈夏休みになると、私も家族旅行につき合わされる。父親である私にとって、家族旅行はなんとなく物悲しい。結婚し、子供が生まれれば自然に家庭というものが構成され、私もその一員として父親という位置をあたえられる。
私は、一個の人間として自分だけの世界を形作りたいし、その中でのみ生きたいと願うが、家族旅行に加われば、私は父親としての自分の立場をいやでも味わわされる。〉（読売新聞昭和四十七年九月九日朝刊）
郊外の遊園地に子供を連れて行ったときも、知り合いに会って羞恥を感じたことがあった。若い頃にとらわれた心境なのかと思ったら、六十九歳のときに受けた取材でも、一人に執着する発言をしている。

〈どっかに、一人っきりになりたいって願望があるのかなあ。男って、子どもが一人生まれたぐらいの時に、そういう気持ちになることがあるでしょ。〉（「週刊文春」平成九年五月一・八日号）

繰り返し述べられる一個の人間として生きたいという願い。家族愛を希求し、自分の命そのものの小説を諦めてでも一家の主としての責任を果たそうとした一方で、その家族から遠ざかろうとする心理に戸惑いを覚える。

そんな夫は、妻の側から見れば次のように映るのだろう。

〈……私の夫には動物ならばどんな下等な動物でも（例外はあるが）持ち合わせている帰巣本能、また、妻子を保護し、巣を護るというはなはだ健気な雄の本能が極めて稀薄であるということ。具体的にいえば放浪癖があり……〉（「週刊サンケイ」昭和三十四年十一月二十二日号）

「おい、出かけるぞ」と言うので、近所の本屋かと思ったら、九州に行ってしまった。結婚当時は、ふらっと旅に出ることがあり、「さよなら」と言って家を出たので、もしや死ぬ気ではと案じたこともあった。

妻の問責を受けて、吉村は次のように記す。

〈妻は、私を「家庭を蔑視（べっし）している男だ」という。彼女に言わせると私は、家庭をただ公園のベンチぐらいにしか考えていないという。家庭における私の態度に誠意らしきものはなにもないからだというのだ。〉（東京新聞　昭和四十二年一月七日夕刊）

東京新聞の寄稿には、家庭でくつろぐ夫婦の写真が添えられている。二人には夫婦でメディア出演はしないという掟があった。しかし義理がある場合は受けていたので皆無ではない。

一家四人で雑誌に登場した珍しい企画がある。一九七〇年（昭和四十五年）の「小説新潮」九月号に掲載されたサンヨーカラーテレビのタイアップ広告だ。私が探した限りでは、家族四人でのメディア出演はこの機会しかなかった。

家族四人が和室で座卓を囲むカラー写真が大きく載っている。盆栽を飾った障子窓を背にして家長の吉村が坐り、その横に涼やかな紺の浴衣を着た津村が並ぶ。

この写真は珍しいのと同時に不思議な印象を受ける。テレビは大型のものが部屋の右端にある。ところが四人が見ているのは左の宙の方向だ。津村は笑顔だが、司に至っては不愛想な顔つきだ。

一体、どういう状況だったのだろう。

「写真を撮るだけでテレビがもらえるという話が来て、雑誌に出ることになったんですが、私は嫌でたまらなかった。それで仏頂面をしていたんです。カメラマンとしてはすばらしいテレビが来て、それをなごやかに見ている一家団欒の写真を撮ろうとしたんでしょうが、撮れずに困ってしまった。苦肉の策として、みんなでこっちを見ましょうと言って撮った一枚です。父は最新のテレビが来るというので上機嫌でした」

「マイファミリー」というシリーズものだったようで、一家の主として、いささか照れくさそうな吉村の表情が印象的だ。

井の頭公園に隣接する家に移り住んだ頃は、この和室の隣にリビングダイニングがあり、親しい人たちをそこでもてなしていた。

家の設計は津村がした。中二階がいちばん広く、夫婦の寝室、お手伝いの個室、夫婦の書斎、応接間、玄関ロビー、洗面所とトイレがあった。階段を数段のぼった上の階には、二つの子供部屋とサンルーム。階下には和室とリビング、台所、玄関、浴室、洗面所とトイレという間取りだった。

しばらく経って一階のテラスに部屋をつくり、恒例の新年会はそこで開かれるようになった。三鷹駅の近くに住む丹羽文雄邸での新年会のあと、編集者が吉村家に立ち寄ったのが始まりで、多いときで二十八人の編集者が集まった。

二人のお手伝いに指示し、津村が手料理で歓待した。普段でも夕食後はお手伝いに仕事をさせなかったので、夜の来客の接待は津村の役割だった。

新年会のときは、冷めてもいいオードブルを先に並べ、必要なものは全部テーブルの上に出して運ばなくていいように工夫した。名物はおでんと一口カツで、おでんは築地の場外で購入した仕切りのある銅のおでん鍋を使った。津村はショッピングカートを引いて吉祥寺のおでん種専門店に買い出しに行き、当日は一口カツを揚げ続ける。吉村の取材先の長崎や宇和島から届くからすみやテンプラ（さつま揚げ）など、酒の肴もそろっていた。

津村が台所の様子を見に行ったりして場を離れると、吉村が、節子、節子と呼び立てる。見かねた古い編集者が、津村の担当編集者もいるのだから、呼び捨てるのはやめてくださいと言う一幕もあった。

仕事関係者だけでなく、吉村は近所づきあいも大切にした。

〈下町生れ下町育ちの夫は、御近所のつきあいを密にしたいと思い、当時珍しかった月下美人の鉢を手に入れ、夏の夜大輪の純白の花が咲いて芳香を漂わせ始めた時、各家々に電話をしてお呼びしなさい、と私に命じた。〉（『果てなき便り』文春文庫）

津村は迷惑ではないかと案じたが、月下美人が珍しい時代だったので皆が集まり、感嘆の声をあげた。吉村がビールをついでもてなし、近所の人たちと親しくなるきっかけとなった。

吉村が来客を好む理由があった。

〈夫の客好きは、育った家の環境のせいらしい。夫の家は下町の商家で「のべつわけもわからぬ人が家の茶の間にごろごろして飲んだり食べたりしていた」という暮しであったそうだ。父はまた、大変な酒のみで、酔って帰って来れば、飲み屋で意気投合した人や、行きずりの人を連れて帰り、夜更けまで大声で騒ぎながら飲み、翌朝正気にかえったその人が、気まり悪そうに母親に挨拶していたという。〉（『風花の街から』毎日新聞社）

津村は、次のようにも書いている。

〈「人が来ないような家は、暗くていけない」

という夫の口癖は、そうした父を見て育ったからだろう。

「人が来てくれることは、有難いと思って感謝しなくてはいけない」ともよく言う。〉（『書斎と茶の間』毎日新聞社）

家というのは人が集うところという原風景があったのかもしれない。津村もにぎやかなことは好きなので、仕事が差し迫っていなければ、もてなすのは苦ではなかった。

吉村が理想とする家庭を象徴するものがあった。

〈夫が昔から描いていた家庭というものは、一家の主がどてらを着て茶の間の神棚の下に、長火鉢を前にしてあぐらをかき、周囲にさまざまな客人たちがいて、妻が丸髷を結い、銅壺でお酒の燗をつけている、という、この節テレビの時代物でもなければ見られないような光景である。〉（『風花の街から』毎日新聞社）

「長火鉢への郷愁」と題する一文を吉村も書いている。

〈私の父は、居間におかれた長火鉢の銅壺（どうこ）の中に銚子を入れ、松茸を焼いたりして飲んでいた。それが実にうまそうで、長火鉢の前に坐って酒を飲むのが長い間の私の夢であった。〉（『蟹の縦ばい』中公文庫）

早く死んでほしいとまで願ったこともあったが、結局のところ、吉村が追っていたのは一家の主としての父親の背中ではなかったか。

結婚前はもちろん、結婚してからも吉村は愛妻に真摯な熱い手紙を書き続けた。

〈僕は改めて実に実に家族を愛していることを感じた。

生涯というものをお前は考えたことがあるか？　愛する女を妻としている男の幸福を考えたことがあるか？　それは生命に代えてもよいような幸せなのだ。〉（『果てなき便り』文春文庫）

手紙の冒頭には、〈節子と小説を書く日々、それは僕が生きている日々なのだ。〉とある。勤めに通う記述があるので、二、三十代の若いときに書いたものだろう。〈残る人生の時間と斗って妻子を愛し、そして後世に残る日本現代文学を象徴するような作品を書き続けたいのだ。〉と結ばれている。

次の一文は、『殉国　陸軍二等兵比嘉真一』の取材で、復帰前の沖縄に行くことになったときに書いた手紙にある。

〈君を中心に、思いもかけない温い素晴しい家庭を得て、僕は幸せです。〉（同）

郷愁の長火鉢も、丸髷を結う妻もなく、思い描いていたものとは違ったが、描いていた以上の家庭を思いがけず授かった。

前野良沢の生き方に羨望を感じる吉村は、個として生きる願望が、絶えず、どこかにあったに違いない。家庭の幸福に戸惑い、照れや拗ね者ゆえのポーズもあっただろうか。いずれにしても一人になりたい願望は、揺るぎない家庭あってこそのかなわぬ夢想だったのだろう。

夫婦のありようは歳月とともに変わってくる。仕事以外は念頭にない男なのだと、津村は長い間思っていた。

〈こうして吉村の手紙を読み返してみると、かれのほうが遥かに家族のことを考えていることが切実に伝わってくる。〉（同）

吉村が亡くなったあとで、そう述べている。

第五章

夫の覚悟と妻の悔恨

二〇〇六年（平成十八年）八月二日、新聞の朝刊が、七月三十一日に吉村昭が膵臓がんで亡くなったことをいっせいに報じた。

享年七十九。

がんで闘病中だったことは、妻の津村と長男長女しか知らなかったため、突然の訃報に吉村を知る誰もが驚いた。

病気を秘すのは吉村の厳命だった。

同じく伴侶を病で亡くした加賀乙彦との共著で、津村は次のように語っている。

〈彼は病気のことを誰にも知らせなかった。たった一人の兄にも知らせなかったので、私が兄に恨まれました。生きているうちに会いたかったと。

ええ、そのくらい隠したんです。〉（『愛する伴侶（ひと）を失って』集英社文庫）

吉村家の住み込みのお手伝い二人には肺炎だと説明した。何度かの入院や病院通いのために、何らかの理由が必要だった。

亡くなる前々年から小説『彰義隊』を朝日新聞に、「群像」には『暁の旅人』を連載し、「ちくま」に『回り灯籠』、新潟日報に「新潟旅日記」と随筆の連載も続いていた。

小説は単行本になり、サイン会にも出席した。二〇〇五年五月の丹羽文雄の日本文藝家協会葬では弔辞を読み、十一月には札幌の北海道立文学館の依頼で講演も行っている。

誰も重篤な状態にあることに気づかなかった。吉村没後五年の瀬戸内寂聴との対談で、津村は打ち明けている。

〈入院するときもいつも利用する個人タクシーだと、病気だと漏れるかもしれないって言うから、別のタクシー会社をわざわざ呼んで。最初は子どもたちにまで「言うな」って言ってたんだから。〉（「文藝春秋」平成二十三年九月号）

なぜそこまで隠そうとしたのかわからないと津村は言う。子供に黙っていることはできないと津村が説得し、吉村から直接話してほしいと頼んだ。

吉村に秘書はいなかったが、秘書代わりの元編集者がいた。サイン会に同行したり、床屋に行く際の送り迎えなどをしていた。ある時期、毎日のように吉村家に出入りしていた。病がわかったときも行き来はあったが、吉村は連絡するのを拒んだ。

吉村と同時期に胃がんになった大河内昭爾にも伝えることはなかった。

大河内はどこの病院がいいか吉村に相談し、入院する日も同じだった。大河内がそれを伝えても、吉村は「自分も」と言うことはなかった。

吉村が亡くなった年の津村との対談でも、大河内は残念がる。

〈大河内　僕にまで言わないのだね。「あなたも入院するのか　ぼくも入院するのだ」と言えばいいのに言わないのだ。

津村　水臭いでしょう。大河内さんだけには言って欲しかったわ。〉（「季刊文科」36　鳥影社）

大河内は吉村のことを、

〈自分の流儀を貫き通すストイックな男でしたからね。〉（「週刊文春」平成十八年九月七日号）と述べている。一度決めたことは、とことん貫くのが吉村の流儀だった。公私を分ける吉村としては、病や死は私的なことというけじめもあったのだろうか。

亡くなった翌月のお別れの会で、初めに挨拶に立った司は次のように説明している。

「病気だとわかると、お見舞いの方や、病院やご近所にも迷惑がかかる。だから言うなと言われました」

世間様のご迷惑にならないように、というのは吉村の母親が絶えず口にしていた教訓だった。


病の経緯を振り返ってみる。

二〇〇五年一月、吉村が舌の痛みを訴え、翌二月に舌がんと診断される。放射線治療のために、その年は三度入院した。

翌年一月に膵臓にがんが見つかり、二月二日に取り切れなかった舌がんの切除と膵臓の全摘手術を受ける。

三月十日に退院し、自宅療養に入る。

七月十日に再入院し、同月二十四日に退院。

七月三十一日午前二時三十八分、自宅で永眠。

新潮社で『羆嵐』『冷い夏、熱い夏』『桜田門外ノ変』など十数冊の吉村作品を担当し、三十数年のつき合いがあった栗原正哉もがんの宣告を知らなかった。

「体調を崩されているのはわかっていましたが、風邪をこじらせたとか、慢性気管支炎だとか、ひどい口内炎という言葉を、深く疑うことはありませんでした」

吉村が舌がんと診断されてからのやり取りはどうだったのか。

二〇〇五年四月、吉村は新潮社を訪ねている。『大黒屋光太夫』の文庫本の解説を依頼した文芸評論家の川西政明に直接会って伝えたいことがあるので、仲立ちをしてほしいという用件だった。吉村の常として、自分からの頼みごとがあるときは自ら出向いてきた。

同年十一月には編集者を招いて、津村の喜寿と『津村節子自選作品集』の完結を祝う会を、越後湯沢のホテルで開いている。そのときもやつれた様子はなく、体調のすぐれない編集者を気遣うほどだった。

二〇〇六年四月に栗原は、前述した生前最後の短編となる『山茶花』の原稿をファックスで受け取っている。よくなければ返してほしいと吉村はファックスに書き添えたが、栗原はすぐによい作品だと返信した。

それに対して吉村から、〈やはり体が弱っているので、涙が出ました。〉と一行だけの返事が届いた。

それから三ヶ月後、栗原は病室で吉村から遺書を手渡される。

七月十三日、昼頃に出社すると、津村から電話があった。病院に来てほしいと言われ、吉村が再入院した東京医科歯科大学病院に向かった。

加賀との対談で、津村はそのときの様子を語っている。

〈……「新潮社のKさんを呼んでくれ」と言われました。吉村が一番仕事をした親しい担当者です。「病院に呼んでいいの？」と聞いたら、「言いたいことがある」って言うんですよ。〉（『愛する伴侶を失って』集英社文庫）

再入院していることさえ栗原は知らなかった。病室での様子を栗原が回想する。

「吉村さんの瞳が、異様に澄み切って青かったのが印象に残っています。普段吉村さんはにこやかに目を細めていますが、取材のときは眼光が鋭く、よく刑事に間違われるというのもなるほどと思っていました。その鋭い目の瞳が、とても澄んで青みがかっていました」

精巧なレンズのように鋭い眼が吉村文学の秘密の一端だと、栗原は『魚影の群れ』（ちくま文庫）の解説に書いている。

病室での吉村は、かなり痩せて顔色も血の気を失っていたが、口調はしっかりしていたという。

そのとき手渡された遺書を見せてもらった。正確には遺書の写しで、原本は「三鷹市吉村昭書斎」が開館予定の三鷹市に寄託している。

栗原正哉様と表書きした白い封筒に、二百字詰めの原稿用紙が五枚と一枚の添え書きが入っていた。六枚の原稿用紙は四隅がそろわず、やや乱雑に折りたたまれていて、几帳面な吉村らしくないと栗原は思った。

添え書きには次のようにある。

ました。

〈以前から、私の死の場合、御面倒ながら栗原さんに死後のことをお願いしようと思ってい

小説家としての仕事で、栗原さんに最もお世話になり、文壇の常として栗原さんにすべてをおまかせしようと考えた次第です。なにとぞよろしく、御願いいたします。〉

「遺書　栗原正哉様」と書かれた原稿用紙には、次のように続く。

〈これまで病名を秘しておりましたこと、申訳なく思います。若い時の大病の経験で、お見舞を受けることがいやで、そのことはよく御存じのことと思います。〉

病床にある人の見舞いはしないという吉村の流儀があった。大病をした自身の経験によるもので、見舞い客の前では元気を装うため、客が帰った途端に疲労を覚える。病み衰えた姿を身内以外にさらしたくなかった。

遺書には舌がんと診断されてからの経緯が記され、膵臓にもがんが見つかり、舌がんとともに手術を受けると書かれている。遺書はその手術の前に記されたもので、一応、死を覚悟し、遺書をしたためるとなっていた。

文字や文章の乱れはなく、普段の原稿と変わらないと栗原は言う。遺書を手渡された栗原は、

「戸惑いながらも、わかりました、でもずーっと先のことにしましょうと答えました」

吉村が亡くなったのは、それから十八日後だった。

栗原が託された遺書には、「文壇専門の葬儀社を使う」となっていた。これは東都典範

（東京・渋谷区）という葬儀会社で、亡くなったという知らせを吉村家から受けて、栗原はすぐに葬儀会社に連絡した。遺書に従って密葬等の打ち合わせをし、手配を頼んだ。

亡くなった翌日の八月一日に納棺。この日が友引で火葬場が定休日だったので、翌二日に火葬、三日に親族のみで密葬が執り行われた。

八月二十四日に日暮里のホテルラングウッドでお別れの会が開かれた。

暑い盛りにもかかわらず、会場には約六百人の参列者が集った。遺書には献花より焼香のほうが簡単でよいとなっていたが、ホテルなので匂いが漂う焼香はかなわなかった。

弔辞を読んだのは大村彦次郎と大河内昭爾、高井有一と、日本藝術院院長の三浦朱門の代理の中村稔だった。お別れの会についても栗原は一任されていた。

吉村の長い作家生活で、二百五十二枚まで書いた『桜田門外ノ変』の原稿を反故にする際には意見を求め、面談を求めてきたある相手に対して、気が進まないという率直な気持ちも栗原には打ち明けている。

全幅の信頼をおいていたと言っていいだろう。

吉村との三十数年のつき合いの中で、いちばん印象に残っている場面を栗原に尋ねた。

「やはり亡くなられた前後のことです。熾烈な闘病を知っている今となっては、川西氏の件で来訪されたときは、舌がんの放射線治療から間もないときでしたが、そんな気配はまったく見せませんでした。生前最後の短編は、舌がんの切除と膵臓の全摘手術を受けて退院されてから、二十日ほどの推敲（すいこう）を経て原稿を完成されています。この間の病を人に気づかせない毅然とした態度や立居振舞いには驚かされます」

吉村の突然の訃報に関係者は驚いたが、再び驚いたことがあった。

ホテルラングウッドでのお別れの会で、最後に津村が挨拶に立った。そこで津村は、吉村が亡くなる前夜に、点滴の管のつなぎ目を自らはずし、カテーテルポートに入れてある点滴の針も引き抜いたことを明かした。

〈吉村が覚悟し、自分で自分の死を決めることが出来たということは、彼にとっては良かったことではないかと、今になって思っております。

ただ、私は彼のそういう死に方を目の前で見てしまったから、（略）まだ生きてるとは思えないんです。あんまりひどい、勝手な人だと思います。

私は目の前で、彼が〝自決〟するのを見てしまったのですから――。〉（「文藝春秋」平成十八年十月号）

津村は涙で声を震わせながら語った。思いがけない話に会場は静まり返った。

翌日の読売新聞の朝刊には、〈吉村昭さんは〝尊厳死〟〉という大きな見出しの記事が載った。〈末期がんの自宅病床「死ぬよ」治療具外す〉という小見出しがついている。朝日新聞は夕刊で〈自宅でがん闘病…点滴外す　故吉村昭さん　自ら死選ぶ〉と報じた。

一般紙だけではなかった。日刊スポーツや夕刊フジも記事にしている。

メディアの報道は波紋を呼んだ。

翌週には週刊誌も取り上げ、「週刊文春」は、〈吉村昭さん妻・津村節子さん「お別れの会の言葉」〉というタイトルで三ページの記事になっている。〈「ガン闘病」―自らカテーテルを引き抜いた、「尊厳死」では語れない重すぎる選択〉と添えてある。「週刊ポスト」も同じく三ページで、〈作家・吉村昭が問いかける末期がん「命の始末」〉という大きなタイトルが目を引く。

自ら点滴の管をはずしたという「尊厳死」が議論を引き起こした。家族はもちろん、家の近所や友人知人宅、編集者や病院関係にも取材者が押しかけた。

津村は自伝的小説に綴る。

〈しかし、育子が軽卒に口にしたことによって起きた騒ぎは、夫も予想しなかっただろう。自分が死んだら、病名を膵臓癌と発表してもよいと書いてあったから、育子は長い間本人の意志で伏していた病名を告げ、詫びるだけでよかったのである。それなのに夫に対して申し訳の立たぬ騒ぎを起してしまったのだ。かれは、ひっそりと死にたかったのである。〉(「遍路みち」『遍路みち』所収　講談社文庫)

人に知られることなくひっそりと死にたい、というのが常日頃からの吉村の願望だった。大河内との対談でも津村は懺悔する。

〈……私は吉村に対して申しわけなくてなりません。こんな騒ぎを起したのは、私がお別れの会で病気を長く伏せていたおわびをするときに、余計なことまで喋ってしまったせいで、私はもう彼のところへ行けない気がします。〉(「季刊文科」36　鳥影社)

週刊誌などの報道は続き、津村は家に引きこもるしかなかった。

吉村は若い頃に大病はしたが、それ以降は健康に留意し、大きな病気はなかった。がんで亡くなった肉親が多いこともあって、年に一度の定期検診は必ず受けていた。

運動は一切せず、散歩もしない。若い頃は、はしごする酒場から酒場へ歩くのが唯一の運動だと言っていた。

七十歳を過ぎてからは、朝起きると、幸せだなあとつぶやくようになった。

仕事も順調で、健康にも自信があったようで、城山三郎と佐野洋の同世代の作家との鼎談（「オール讀物」平成十三年一月号）では、九十八歳まで生きると語っている。

若い頃、医学の恩恵で一命をとりとめたこともあって、少しでも長く自分の肉体を維持していかなければという義務のようなものを感じていた。弟の隆の闘病を描いた『冷い夏、熱い夏』では、〈生を享（う）けた人間の義務として、肉体の許すかぎりあくまでも生きる努力を放棄すべきではない、と思う。〉と書いている。

一方で、吉村にとって理想の死というものがあった。幼少期から姉、祖母、兄、母、父と肉親が続けて亡くなり、三兄も弟もがんで他界した。死は観念の世界にあるものではなく、身近な日常の中にあった。

遺作となった『死顔』には、死期が近いことを知って、医薬品や食べ物を断って死を迎えた幕末の蘭方医・佐藤泰然が登場する。

〈その死を理想と思いはするが、医学の門外漢である私は、死が近づいているか否（いな）か判断の

しようがなく、それは不可能である。〉（『死顔』新潮文庫）
そう記すが、一度死にかけた身だった。若い頃、結核の病状が悪化するばかりのときに、
〈……死が迫っていることはよくわかっていました。〉（『精神的季節』講談社）
と述べている。再び死の淵に立ったときに察するものがあったのではないか。そのときを的確に見極め、延命を拒否した見事な自然死だった。

栗原が追想する。

「最期の姿に、自らのことは自らの責任をもって決定するという、いかにも吉村さんらしい、生き方のすべてが凝縮されているように思います」

しかしながら完璧なまでのその最期は、妻の側に立てばどう映ったのだろう。

津村が加賀との対談で述懐している。

〈でもね、私は吉村が死ぬなんて思っていなかったんですよ。（略）
そんなわけですから、私は何の心の準備もできていませんでした。ところが吉村のほうは、すっかり準備して逝ったんです。〉（『愛する伴侶を失って』集英社文庫）

その胸中は察するに余りある。不意の別れに至るまで、夫婦でどのような時間を過ごしたのだろうか。

亡くなる年の三月十日、手術を終えた吉村は退院した。膵臓を全摘したために、一日四回血糖値を計り、インシュリンの注射を打つのが日課になった。手術を受けた東京医科歯科大

学病院と連携をとりながら、三鷹市のクリニックでも診てもらうようになった。
〈毎日二人で散歩をする。長い結婚生活で、こんなに一緒に過したことはなかった。〉（『紅梅』文春文庫）

このときの散歩は、住まいに隣接した井の頭公園ではなく、静かな玉川上水べりだった。
〈無風で暖かい日であった。二人で街へ行き、銀行のATMで少しまとまったお金を下したり、喫茶店でケーキを食べてアイスティーを飲んだり、食品街で買物をしたり、娘の家へ鯛焼を届けたりした。おだやかな春であった。〉（同）

五月一日、吉村は七十九歳の誕生日を迎えた。

吉村はがんの再発を疑っていて、疑い通り腹膜あたりのリンパ節に転移していた。抗がん剤を服用していたが、それをやめ、免疫療法を試すことになる。

そうした折、「群像」の創刊六十周年記念号に、短編を書いてほしいという依頼が二人に来た。吉村は辞退するので、津村に書けと言う。「群像」は書き始めたか、と吉村は進行を気遣い、家に編集者がいるようだった。吉村自身は遺作となった『死顔』の推敲をしていた。

その後体重が減り始めて点滴を受けるようになり、七月十日に再入院する。
〈その間、帰りたい帰りたい、とばかり言っていました。〉（『愛する伴侶を失って』集英社文庫）

津村は退院に向けて準備を始めた。長女と司の妻の三人で何度も点滴の練習をして、自宅療養に備えた。七月二十五日に退院予定だったが、主治医に電話し、退院を一日早めてもらった。吉村は喜び、寝台自動車で自宅に戻った。

「念願の家に帰れて、うれしかったのでしょう。母や妹、私の家内の顔を見て、うちは美人ぞろいだなあと言っていました」

と司が回想する。津村も当時を思い浮かべるように語る。

「吉村は中二階の寝室のベッドで寝たいと言いましたが、通ってくるお医者さんもいて、二階では介護がしづらいですから。毎年編集者の人たちとの新年会に使っていたリビングに、ベッドを入れて寝かせました。医科歯科大からは点滴の一式を車に積んできました。点滴の中には、栄養剤の他に痛み止めやインシュリンや、いろんなものが入っているので、それをしている限り急にどうこうってことはないはずでした」

広いリビングにリクライニングベッドを入れた。その脇にモーターで一定の間隔で点滴が落ちる装置を設置した。

〈開け放った窓からは、公園の林の中を吹きぬけてくる風がはいってくる。夫は首を曲げ、公園の林を見ながら満足そうだった。テラスは全部を部屋にせず、ガーデン用のテーブルと椅子を置くだけのスペースは残してあり、その先の空地に竹が生えている。竹の間から公園の林が見える。降るようなひぐらしの声が部屋いっぱいになっている。

「これはいい環境ですねえ。お躯にもいいですよ」

と桶谷医師が言った。病院の窓からは空しか見えない。〉(『紅梅』文春文庫)

午後二時になると看護師が来て、津村と司の妻の三人で点滴をする。長女は毎日立ち寄り、司は会社帰りに顔を見せ、夜は津村がベッドの傍らで眠る。

長期戦だと思っていた津村は、そんな生活がずっと続くと疑わなかった。

亡くなる前日の七月三十日はどのようだったのだろう。『死顔』の「遺作について——後書きに代えて」で、津村は次のように書いている。

〈……再び私が付添うことになった日の朝、「ビール」と言った。吸呑みにビールを入れて一口飲ませると、「ああ、うまい」と言い、暫くして更に「コーヒー」と言った。どちらも長い間口にしなかったものである。口腔を潤すほどの量だったが、愚かな私は、かれの生きる意欲を感じて気持が明るんだ。〉

舌がんの放射線治療を受けた際、ビールなどの発泡するもの、コーヒーなどの刺激物はとらないように医師から言われていた。このときも津村は死の気配を感じていない。

ところが夜になって事態は急変する。

〈夕食後、育子はベッドの傍に蒲団を敷き始めた。

その時、夫がいきなり点滴の管のつなぎ目をはずした。育子は仰天し、

「何するの」

と叫んだ。寝返りして腕を動かした時に、管にあたってはずれたのかもしれない。

すぐ娘と看護ステーションに電話をし、娘は顔色を変えて走り込んで来た。（略）

すると夫は、胸に埋め込んであるカテーテルポートを、ひきむしってしまった。育子には聞き取れなかったが、

「もう、死ぬ」

と言った、と娘が育子に告げた。〉(『紅梅』文春文庫)

実は、この場面は事実といささか異なっている。大河内は、お別れの会の前に津村から打ち明けられていた。

〈「実際には、津村さんは、吉村さんが針を引き抜く瞬間を見ていないのです。津村さんがお風呂に入り、長女が1人で付き添っていた時に抜いたそうです」〉(「週刊ポスト」平成十八年九月十五日号)

津村にそのことを確認すると、

「その通りです。千夏(長女)がびっくりして、もとにつなげたんです。そしたら、もう一回はずして」

大河内は推察する。

〈「私見ですが、どうしても妻の前では抜けなかったため、長女だけになった瞬間に決断したのだと思う。それが吉村さんの優しさだった」〉(同)

「もう、死ぬ」と、津村には言えなかったのだろう。

駆けつけた看護師が急いで処置をしようとしたが、吉村は強く抵抗した。このままにしてくださいと津村が声をつまらせ、お母さんもういいよね、と長女が泣きながら言った。

病院にいたなら、すぐに医師の処置が行われただろう。家に帰りたいと言っていたときから、吉村の中にあった覚悟なのか。

司が記憶を辿るようにして語る。

「家に帰った当初はしっかりしていましたが、そのうちにだんだん呂律がまわらなくなって、何を言ってるかわからなくなりました。意外と痛くないもんだよ、というのが、私が理解できた最後の言葉です。カテーテルを引き抜いた直後を見ましたが、無理に引き抜いたからか、カテーテルの針は少し胸を引き裂いていました。父は延命を拒否していましたから、延命されているという憤りもあったでしょう。一秒でも長く生きてほしいという家族の気持ちはもちろんわかっていても、父としてはもうここらでいいと思ったのではないでしょうか」

司も、もちろん死ぬと思っていなかったという。点滴は生命維持装置ではないから、はずしてもすぐに死ぬわけではない。最期の場面を津村は次のように描写する。

〈育子は、夫の背中から腰あたりまで、さすってやっていた。夫のベッドは頭を南向きに据えてあるのだが、育子がさすっている間に少しずつ軀を動かして、そんな力がよく残っていると思うのに、完全に頭が北になるように軀を半回転させた。〉（『紅梅』文春文庫）

津村がそのときの状況を回想する。

「頭を南向きにして寝てたんですが、体を半回転させて、ベッドの脇にいた司の首に手をまわして、しきりに何か言っていました。三文字の言葉を繰り返していたので、タノムタノムと言ったのかと」

司はうなずいていたというが、吉村の最期の言葉については、「きき取れませんでした」と司は言う。津村が続ける。

「最後の最後まで意識はありました。体を半回転させてから、静かに目をつむって亡くなったんです。かなり衰弱していたのに、最期に体を回転させたのは、どういうことだったのかと……」

吉村は好物のビールとコーヒーで、この世の最後の晩餐を味到した。

『紅梅』の終幕にある、「あなたは、世界で最高の作家よ!」というひと声は、実際に津村が臨終に際して叫んだことだという。

日本には死者は北枕で寝かせるという風習がある。伝統行事やしきたりを重んじた吉村は、最後の儀式すらも人の手を煩わせることなく、自らの責任で行ったのだろうか。

〈育子が夫の背中をさすっている時に、残る力をしぼって軀を半回転させたのは、育子を拒否したのだ、と思う。情の薄い妻に絶望して死んだのである。育子はこの責めを、死ぬまで背負ってゆくのだ。〉(同)

津村は小説にそう書いた。しかしながら愛妻という断ち切り難いこの世のいちばんの未練を、あえて自ら断っていったとも考えられるのではないか。

栗原宛の遺書以外に、家族に宛てた遺言があった。その遺言を津村は吉村の生前に見ていた。

〈膵臓の手術で入院しているときに「遺言が金庫の中に入っているから全部持ってこい」と言われまして。舌癌のときに書いたんだと思いますが、それについて説明されました。〉

（『愛する伴侶を失って』集英社文庫）

封をした遺言を、吉村はしばしば開けて赤字を入れて推敲していた。

遺言と表書きされた茶封筒には、死亡した場合は、長男長女夫婦のみが承知し、親戚の者を含む第三者には知らせないこと。長男長女一家の家族葬とすること。死後少なくとも三日を過ぎてから、日本文藝家協会、日本藝術院に伝えることなどが原稿用紙に記されていた。

吉村には、他人の死顔は見ない、自分の死顔も見せないという流儀があった。家族葬とするのは死顔を第三者に見せないためでもあった。

〈何卒弔花御弔問ノ儀ハ故人ノ遺志ニヨリ固ク御辞退シマス　吉村家〉と、毛筆で書いた紙が二枚同封されていて、それを表門と裏口の木戸に貼り出した。

死後少なくとも三日を過ぎてから日本文藝家協会などに知らせることという遺言は、栗原宛の遺書にもあった。

ところが予期せぬハプニングがあった。津村が打ち明けている。

〈娘が埋葬許可証というのを三鷹市役所に取りに行ったら「ええっ」と職員の方が驚きましてね。

それで広がったのか、よくわからないんですけれども、すぐに新聞社から「吉村先生が亡くなられたそうですね」と電話がかかってきました。私は最初、「何のことですか。何を言ってらっしゃるの」としらばくれたんですけど、結局、わかってしまったんです。〉（同）

死亡の公表を託されていた栗原は、マスメディアに流す訃報の文案を用意し、八月一日に吉村家を訪れていた。新聞社等には三日に通知することなどを打ち合わせ、吉村家から帰宅の途中で、死亡情報が漏れたという連絡が司から携帯電話にあった。
「今、通信社から父の死についての問い合わせがあった、と。急遽吉村家に引き返し、不正確な情報が伝わらないように死去の通知を流しましょうと提案して、同意をいただきました」
と栗原は回想する。その足で会社に戻り、新聞社や通信社にファックスを送ったのは夜の八時半頃になっていた。突然の訃報に問い合わせの電話が深夜まで続いた。
朝刊の締切が迫る時間で、しかも吉村の死亡記事の予定原稿があるはずもなかったが、それでも翌日の朝刊各紙には大きな扱いで記事が載った。
吉村が生前に述べていたことがあった。
〈僕は死んだら、解剖してもらおうと思うんですよ。どうぞ見てくださいって。〉(「ノーサイド」平成四年十二月号)
津村の自伝的小説にも次のようにある。
〈週刊誌が夫の主治医の許にまでかれの死について聞きに行ったことがあまりに申しわけなくて、育子はつらい思い出ばかりの病院へ謝罪に行った折、教授が封筒を渡してくれた。開いてみると、
解剖ＯＫです
と一行だけ書いてあった。母には内緒です、とお嬢さんが届けに来ましたという。全幅の

信頼を抱いていた教授に対しての感謝の気持を表わしたかれらしい遺言であった。〉（『遍路みち』「遍路みち」所収　講談社文庫）

だが、実際は解剖されることなく棺に納められ、火葬場に運ばれた。

家族宛ての遺言以外には「家訓」と書かれた一通があった。肉親であろうと連帯保証人にならぬこと、金は決して貸さぬことなどが記されていた。吉村の死後、幾人かから借金の申し込みがあったようで、津村はこの家訓を持ち出して断った。

吉村は生前から、自分の死後の家族の生活を心配していた。

〈退院の日、西荻窪で落合うことになった。病院へ迎えに行って、一緒にタクシーで帰ってくれば簡単なのに、電車で、しかも西荻窪というのがわからない。（略）出費を気にするようになったのは、この頃からだろうか。〉（『紅梅』文春文庫）

吉村は自分の筆が家族の生活を支えているという意識が人一倍強かった。自分が書けなくなったらということを、どれほど案じていたかは想像に難くない。

司が思い返して証言する。

「小説が書けないと、これまでの本の印税は入って来るにしても、新たな収入はゼロになる。それで急に緊縮財政になりました。家のトイレが壊れても、なおさなかった。徹底していましたね」

質屋通いをし、電話代の十円もなかった頃を思い出したのだろうか。遺言とは別の封筒に、節子さんへと宛名書きしたものがあった。

〈私の年収は、一昨年四千万円強であったが、今年は激減が予想される。私が死んで、あなたが一人になった場合、月々の経費は税をふくめて百万円。年間千二百万円かかるとみるのが妥当。

あなたの年収、正直のところ五百万円とすると、年間七百万円の赤字。十年生きるとすると七千万円、二十年だと一億四千万円。あなたは一人になったら高額の養老施設に入ると言うが、愚かしい。私の病気が転機で、あくまでもこれからは守りの時期。（略）これからは、つつましく生きてゆかぬと悲惨なことになる。〉（『果てなき便り』文春文庫）

死後は収入が激減するから、家を売って子供たちの家の近くにアパートを借りて暮らすようにと遺言にあった。亡くなったあと、遺作の短編集や単行本未収録の随筆集の刊行が相次ぎ、『戦艦武蔵』などの文庫はいまだに増刷が続いているのを吉村は知らない。

亡くなると急に本が売れなくなる作家が大半の中で、吉村昭は死後十七年経っても、なお第一線の「現役作家」であり続けているのだ。

かなうことならば、東日本大震災のときには『三陸海岸大津波』が再び注目を集め、二〇二二年（令和四年）の本屋大賞の『発掘部門』で、疫病の恐怖を描いた『破船』が「超発掘本！」を受賞したことも吉村に知らせてあげたい。

家族の生活を案じ、吉村は高額の生命保険に入っていた。

その保険会社が倒産したとき、毎月集金に来ていた女性に、お前の顔なんか二度と見たくないと吉村が激怒したことがあった。

人に対しては常にやさしく接していた吉村だが、けじめのつけ方は毅然としたところがあったと栗原が証言する。

「理非曲直の弁別には厳しく、筋が通らないことに対する怒りは激しいものがありました。ただそれを相手にぶつけるまでに、一度自分の中に抑え込んで、冷静に客観的に見直そう、あるいは不快なこともぎりぎりまで我慢しようという度量をお持ちでした。しかし、相手の非礼が許容の限度を超えたときには一切の関係を断つ。滅多にないことでしたが、恐ろしいくらいに毅然としたものでした」

吉村は朝食を終えて書斎に入ると、まず前日の日記をつける習慣があった。

日記には天候とその日の出来事しか書いていていない。日記をつけ始めたのは、学習院高等科に入ったときからで、会社勤めのときなどは一時中断したが、再開してからは博文館の一年の日付が印刷された当用日記を愛用していた。

亡くなった年の一月一日の摘記欄には、〈これが、最後の日記になるかもしれない。〉と書いている。日記は入院中の七月二十二日まで毎日つけられていた。『死顔』の「遺作について——後書きに代えて」には次のようにある。

〈七月十八日の日記に、——死はこんなにあっさり訪れてくるものなのか。急速に死が近づいてくるのがよくわかる。ありがたいことだ。但し書斎に残してきた短篇「死顔」に加筆しないのが気がかり——と記されている。〉

おそらくこの時点で死期を把握したのだろう。司はこの日記を読んでいたという。

「父の日記は亡くなった七月のところを読みました。七月に入って字が乱れていて、文字が思い出せないと書いてありました」

津村も、のちになってその頃の日記を読んだ。

〈節子、寝ているうちに帰る。〉

入院中に吉村が記したその一行に、津村は打ちのめされた。病室での夕食を終え、吉村が眠るのを見届けて津村は家に帰った。

吉村の病は予期せぬものだったので、津村は連載の仕事を引き受けていた。

作家であることと、妻であること。愛する夫の今際（いまわ）の際（きわ）に、なぜ妻だけの存在でいられなかったのか。仕事を中断し、看病に専念しなかった悔いに津村はさいなまれた。

思い出すのは、ベッドの傍らに蒲団を敷いて寝た最後の一週間だった。

亡くなった翌年の、瀬戸内寂聴と大河内昭爾との「友として、夫として、そして作家として」と題した吉村の追悼鼎談で、津村は吐露している。

〈吉村が亡くなってから家じゅう、町じゅう、思い出すことばかりで、もうこの家も要らないし、吉祥寺の町も嫌になってしまい、私のことも吉村のことも誰も知らないどこかの町へ行って、そこにマンションでも借りて住もうかなと思ったのです。〉（「小説新潮」平成十九年四月号）

そう願っても、家には弔問客が途切れず訪れていた。吉村の未発表作品を刊行するため、編集者の出入りもあった。作品のゆかりの地での回顧展の対応など、吉村に関する様々な仕事に追われた。とても家を離れて逃避するわけにはいかなかった。

人の出入りの多い家では泣くこともできず、津村は井の頭公園のはずれの、周囲に人家がないところで声を限りに泣いた。

自伝的小説でも次のように記す。

〈育子は五十年も連れ添った夫が死を覚悟したことさえ察せずに、夫と最後の会話を交わすことはなかった。（略）

仕事を優先させている妻をかたわらに、夫は凍るような孤独を抱いて死んだに違いない。人々は、あれほどの力作を数多く書き遺した満足感があっただろう、と言う。しかし、霊界を信じない夫が闇の世界へ一人で旅立って行く時、この世に残した仕事に対する満足感など思い浮ぶ筈はない。〉（「声」『遍路みち』所収　講談社文庫）

遍路に出たいと思いながら、実現したのは吉村の死去から四ヶ月後の十一月だった。三泊四日の日程を捻出し、タクシーで徳島県の一番札所の霊山寺（りょうぜんじ）から高知県の二十九番札所の国分寺までまわった。

遺骨は一年間家に置いてほしいと、遺言にあった。それに従って家の祭壇に置いていたところ、司が次の一文に気づいた。

〈私にとって最も気持が安まるのは書斎で、死んだ折には机の上に骨壺を納骨時までのせておいて欲しい、と家人に言ってある。〉（『私の好きな悪い癖』講談社文庫）

地方の取材先から、吉村が早く帰りたいと思ったのは、家ではなく書斎だった。遺骨は書斎の机に移し、すぐにでも書けるように原稿用紙とペンを置いた。

一周忌には親族で越後湯沢の墓所に納骨を済ませた。それを待って、津村は吉村との思い出の家を建て替えた。

〈家を壊したいということは、夫が刻々と迫る死の時を見極め、目の前で点滴を引きぬいて死を迎えた病室を壊したいということが第一であった。〉（「声」『遍路みち』所収　講談社文庫）

賃貸のアパート暮らしから、ようやく築いた終の棲家だった。家に関心がなかった吉村でさえ、〈もう金のことは心配なくなった。あとは家の新築だ。あせらずすばらしいのを造ろうじゃないか。〉と心臓移植の取材で訪れた南アフリカのケープタウンから手紙を書いている。

家賃が払えず、郊外へと転居を繰り返していた頃の心境を津村は綴っていた。

〈育子は、近くに民家や商店のある町なかに住みたい、そしていつか自分の家を持ちたいと切実に願った。誰も降りて来ない終電が通り過ぎた駅の淋しさと、鰊（にしん）が来なくなりゴーストタウンのようになった根室半島の花咲港の、千島列島が見えるさい果ての海の色は、長く長く育子の胸に残った。〉（「声」『遍路みち』所収　講談社文庫）

新婚当時、行商で訪れた「さい果て」の光景は、津村の心に深く刻まれたものだった。そこから二人で死に物狂いの精進を重ね、念願かなって手に入れた家を壊すというのだった。

〈離れの夫の書斎だけを残し、三十八年間住んでいた家を建て替えるにあたってどれほど物を捨てたかわからない。（略）
思い出多い家財道具がつぎつぎに粗大ゴミとして運び出されて行く時は、さすがに胸が詰った。〉（『夫婦の散歩道』河出文庫）
家を壊すところを見るんじゃないよ、と司に言われた。長女一家との二世帯住宅が完成するまで、津村は三ＬＤＫのマンションで半年間暮らした。
越後湯沢のマンションは、子供たちの家族が冬のスキーや夏休みなどに行くのを楽しみにしているので売るわけにいかない。そこには吉村の気配が濃厚に漂っていた。一人で泊まることができないので、司の車で向かった。
そうして吉村の亡きあとも、そこかしこに気配を感じていると、奇妙なことが起こった。
家の近くの曲り角に、吉村が立っていたのだ。初めて見たのは亡くなった年の歳末の夕闇だった。
〈秋が深まって公園の落葉が厚く散り敷かれるようになると、夕闇が濃くなる頃、家の近くの道の曲り角に夫の姿が現れる。この情景を短篇小説の中に書いたことがあるが、今の季節は、もっともよく見える。〉（同）
没後五年の瀬戸内との対談でも、津村は語っている。
〈あのね、まだ吉村の姿を見るときがあるの。今の季節はダメだけど、木枯らしが吹き始めてから、春先くらいまでの、いわゆる黄昏どきに、家のそばの電柱に、お気に入りのチャコールグレーのトレーナーを着た吉村が立っているのね。(略) 私が眼を悪くしたとき、帰り道で私が転ばないか、心配した吉村がいつもそこに立ってたんだけど、その姿が今も見えるのよ。〉(「文藝春秋」平成二十三年九月号)

その姿の正体はコンクリートの電信柱で、吉村の背丈の位置に「通学路」と書かれた文字が、眼鏡をかけた吉村の顔に見えたのだった。長女は最初気の迷いだと言っていたが、しばらくしてから血相を変えて「お父さん、立ってたわ」と。正体がわかってもなお、同じ電信柱を見た長女の目にも吉村の姿が映ったのだった。孫も顔色を変えて、「じいじがいた」と泣いた。

死んだら無、ではないのだろう。

長女一家との二世帯住宅の津村側の表札は、「津村 吉村」となっている。その洗面所のコップには、吉村と津村の歯ブラシが二本並んでいる。

終　章　奇跡のような夫婦

小説家夫婦が一つ屋根の下に暮らしている。

締切が迫れば、ぴりぴりと神経が張り詰め、一方がスランプに陥れば、些細なひと言で苛立ち、波風荒れ狂う修羅場になりそうなイメージがある。

創作という非日常的な行為と、日常生活とのバランスという問題もあるだろう。

小説家ほど自分本位で勝手な人間はいないという瀬戸内寂聴は、

「死に物狂いですからね、小説書くっていうのはね。だから死に物狂いの二人が一つの部屋にね、いられるかしらって、私は思うの」（吉村昭記念文学館「証言映像① 瀬戸内寂聴・津村節子　吉村昭を語る」）

同業の二人が同居していられるのが、不思議でならなかったようだ。津村も自伝的小説で、同人雑誌の仲間に次のように言われたと記している。

〈「夫婦で小説書いていて、家庭円満なんて信じられないわ。もし本当に円満なら、いい小説は書けないわ。いい小説を書こうと思うなら、離婚しなくちゃ」〉（『重い歳月』文春文庫）

他人に言われただけではない。当人同士も危惧していた節がある。文芸評論家の藤田昌司は、津村の文庫本の解説で次のように書く。

〈かつて私が、芥川賞受賞までの苦闘を描いた自伝的作品『さい果て』を書き上げた直後の津村さんに感想を求めたところ、

「とにかく物書きと一緒になったら、えらいことになる、というのが実感でした」

と語ったが、別の機会に夫の吉村昭氏にたずねると、

「夫婦で小説を書いているというのは、一つ屋根の下に鬼が二匹棲んでいるようなものだからねえ」

と笑いながら語ったことがあり、私は苦笑を禁じえなかった。〉（『女の居場所』集英社文庫）

そうは言いながらも二人は離婚することもなく、ともに作家として確固たる地位を築き、功成り名遂げた。小説家夫婦は他にいても、無名時代から半世紀以上つれ添い、これだけ多くの作品を残した夫婦は他にいない。その歳月は奇跡のような夫婦の軌跡とも言える。

吉村はその歳月を次のように振り返る。

〈「あのころの同人誌を振り返ってみると、死屍累々です。才能のある人もいたけど、みんな消えてしまった。賞をもらった人も。ぼくがここまで来たのは奇跡ですね。ひとりだけでも奇跡なのに、夫婦ふたりで作家になれたんですから幸運です」〉（「アサヒ芸能」平成五年一月十四日号）

しかもその夫婦ふたりは文壇では有名なおしどり夫婦で、創作と日常の生活を見事に両立させ、公私にわたって結実を得た。

そのような奇跡はなぜ生まれたのか。

まず三十代の乗り切り方から見てみよう。

小説家として世に出るか、消えてしまうかの瀬戸際だった。この大勝負をものにしなければばその後はない。焦燥と葛藤を繰り返しながらも二人は機を逃さなかった。

まず津村が芥川賞を受賞する。

吉村は芥川賞候補に四度なったが、そのまま潮が引いてしまっていた。そんな夫を立てようとせず、津村がエゴイズムに徹したのが勝因かもしれない。夫に先んじたと言われようが、妻に先を越されたと言われようが、世に出なければ始まらない。

波に乗ったほうが、まず賞を手にする。そして「あなた、会社を辞めてください」と言う。

吉村が繊維関係の団体事務局を辞め、勤めに出ていなかったときに書いた小説は芥川賞候補になっていた。作品に集中できる環境があれば、吉村はいいものが書けるという確信が津村にあったに違いない。

津村に「あなたも収入の道を考えてください」と言われたとき、吉村が利己心を抑え勤めに出たのは一家の主としての責任からだろう。二人にとっての大事な時期が同時だったからこそ、激しい諍いにもなり、同時に大きなうねりにもなったように映る。

二〇一九年（令和元年）に、「夫・吉村昭と歩んだ文学人生」（小学館「P+D MAGAZINE」）と題したインタビューで津村に会ったとき、

「女の人生はカンと決断かしら」

と語っているが、まさにカンと決断が実を結んだと言える。吉村に『戦艦武蔵』の話が来たときも、

〈吉村は、少し考えさせて下さい、と言ったが、私はまたとないチャンスを逃さないでほし

いと思った。〉（『時の名残り』新潮文庫）

と述べているし、一九六七年（昭和四十二年）に取材で沖縄にいた吉村に宛てた手紙にも、〈チャンス到来　必ず書くこと　文春突破のために!!〉（『果てなき便り』文春文庫）と記している。文藝春秋から吉村に原稿依頼があり、それを受けるように発破をかけているのだ。機をとらえることに敏かったのだろう。

長い同人雑誌作家の時代に、才能がありながらチャンスに恵まれず、消えていった仲間たちを数多く見てきたからかもしれない。

目標意識が高かったこともあげられるだろう。

同人雑誌からスタートして、商業雑誌から声がかかるようになる作家は多くはいない。同人雑誌時代のことを吉村は、〈絶海の孤島で手紙を入れた壜を海に流す感じ〉と言い、津村は〈浜辺で砂の上に文字を書き、波が消し去ってしまうような気持〉だったという。

それでも津村は「P+D　MAGAZINE」のインタビューで、

「同人雑誌作家で終わるつもりはありませんでした」

ときっぱり言い切っている。瀬戸内との対談でも、

〈瀬戸内　みんな貧乏だったけど、気持ちは高揚していた。「今に作家として世に出てやる」と思って、誰もが必死だった。

津村　そうね。「今に、今に」と思ってた。〉（『遥かな道』河出書房新社）

今に、今に、というのは、吉村にしても同じだった。

〈「おれは、このままでは終らない」〉（『三陸の海』講談社文庫）
とあと先のことを考えず、勤めを辞めてしまう。あとには引けない二人は死に物狂いだった。

二人にとって、丹羽文雄との出会いは大きいだろう。

〈新宿の紀伊國屋書店には同人雑誌の置かれているコーナーがあり、私は、そこへ行って物色した。特定の人たちで発行している同人雑誌が多く、その中では「文学者」という雑誌が、なんとなく広く開放されているように感じられた。〉（『私の文学漂流』新潮文庫）

吉村が二十八歳のときだった。なんとなく手に取った雑誌から二人の文学の道が拓けていく。『新潮日本文学28　丹羽文雄集』の月報によると、吉村が初めて丹羽邸を訪れたのは昭和二十七年の秋で、大学時代にすでにそのような訪問があったのだった。

「文学者」主宰の丹羽や編集委員は早稲田大学出身なので、早稲田でなければ入会できないのかと問い合わせると、文学に学閥などないという返信が編集委員から届いた。合評会には百人以上が集まり、「丹羽部屋」とも「丹羽道場」とも言われる一大勢力だった。

「文学者」は一九五五年（昭和三十年）に一時休刊になるが、三年後に復刊になったときから津村も参加した。復刊後の「文学者」の発行費用は、すべて丹羽が負担していた。

〈……吉村昭も津村節子も、「文學者」から巣立ったと言っていい。〉（津村『明日への一歩』河出書房新社）

〈文学を志す人々にお金の苦労はさせたくない、という先生のお気持は、感謝しても感謝し切れない。〉（『夫婦の散歩道』河出文庫）

津村と佐藤愛子の対談（「青春と読書」平成二十年七月号）では、津村が丹羽に全部お金を出してもらっていたと言うと、佐藤が同人だった「文藝首都」はお金がなくて、雑誌を続けるために同人が必死になっていたと話している。

同人雑誌はそれが普通だったのだ。吉村と津村も「文学者」以外の同人のときは、会費を払うのに四苦八苦していた。

二十数年にわたって、後進の育成のために私費で同人雑誌を出し続けた奇特な作家は、あとにも先にもいない。吉村と津村、瀬戸内以外にも、河野多恵子や近藤啓太郎などの芥川賞作家、新田次郎他の直木賞作家が誕生している。

津村は「P＋D　MAGAZINE」のインタビューでも丹羽の有難さを語っている。

「先生は大らかで包容力があって、仏様のような人でした。有難いめぐり合わせで先生にお会いできて、どれだけお世話になったかわかりません」

当時の丹羽は「別冊文藝春秋」に「五万枚の小説を書いた男」という特集が組まれるほどの売れっ子だった。流行作家を間近で見るのもよい刺激になっただろう。同じ「文学者」出身の大河内昭爾は、吉村が書く一方なのは丹羽と似ていると述べている。

吉村が処女短編集『青い骨』を自費出版したときは、丹羽は〈此の人は伸びる才能を持つてゐると思つた〉という序文を寄せた。吉村の文学性と社会性を最初に指摘したのも丹羽だった。
吉村は丹羽から教わったこととして、次のように書いている。
〈「一流の出版社の発行する雑誌であろうと同人雑誌であろうと、書きつづける者は作家だ」と、先生は言われた。（略）将来も同人雑誌のみに作品を発表する境遇で終ろうとも、自分のすべてを傾けた小説を一作一作書きつづけてゆけば、それでよいのだ、と自らに言いきかせた。〉（「小説新潮」昭和五十五年一月号）
長い文学者生活から発した丹羽の言葉は大きな励みになった。吉村は太宰治賞受賞の連絡を受けた翌朝に、まっ先に丹羽に報告に行っている。
津村も丹羽から教わったことがあった。
〈こうした経済的な御恩ばかりではなく、人生の岐路に立った弟子たちが、迷いに迷ったあげく、先生の指示を仰ぎに行き、先生のお言葉によって力を得、方向を見出している。文学上の迷いも、また然りである。〉（『女の引出し』中公文庫）
津村が自分の書くものに自信を失ったときに丹羽はこう助言した。
〈「新しいといわれるものは、それが表面的な流行を追った新しさならば、その新しいところから最も早く古びるものだ。きみは、きみしか書けないものを書くより仕方がないではないか。それが、きみの文学だ」〉（同）
文学の師を同じくしたのも、二人の結びつきを強くしただろう。司は子供の頃、軽井沢の丹羽の別荘に何度か行ったことがあるという。

「軽井沢の駅に着くと、迎えのベンツが駅前に来ていたのを思い出します。すごい別荘で、ベンツも専属の運転手さんがいました。

父と母が、なぜ丹羽先生に心酔していたかというと、後進のために同人雑誌を主宰したり、文学者のための健康保険制度を作ったり、貧乏で墓も建てられない作家のために、富士の裾野に作家が入れる共同墓地を建立したりしたからです。

自分の創作活動以外に、そこまでのことをする作家はいないんじゃないかと思います」

吉村は越後湯沢に自分の墓を建てたが、津村は丹羽が日本文藝家協会会長時代に建立した冨士霊園内の「文學者之墓」にも登録した。

丹羽に恩義を感じているからだろうと司は言う。

丹羽との出会いもそうだが、幸運だったこともある。
「夫婦ふたりで作家になれたんですから幸運です」と吉村が先に述べたのは、六十五歳のときに刊行した文学的自伝の著者インタビューの折だが、そのあとがきに次のように記す。
〈ここに書いた過去を振返ってみると、私はなんという幸運な男だろう、とも思う。小説を書く仕事の上だけでなく、多くの人たちの好意に支えられて生きてこられたのだ、と深い感謝の念をいだく。〉（『私の文学漂流』新潮文庫）
『戦艦武蔵』が刊行になった一九六六年（昭和四十一年）に、吉村は同じ丹羽門下の新田次郎と対談している。「対談　おしどり作家」というタイトルになっているのは、新田の妻の藤原ていも作家だからだ。

〈新田　……吉村さんはスタートが非常に順調でしたね。

吉村　自分ではそうは思っていなかったんですが、やはり恵まれていたと言うべきなんでしょうね。〉（「新刊ニュース」昭和四十一年十二月十五日号）

芥川賞の候補に四度なりながら受賞できず、苦節十数年の同人雑誌時代を思えば、順調とは言い難いだろう。しかしその間に励まし、支えてくれる人たちがいた。たびたびの苦難に遭っても、必ず応援者がいた。

新田とは家も近かった。対談の中で新田は、妻の藤原が仕事を始めると、子供が敏感に反応して暴れ出すという話をしている。だから妻になるべく仕事をしてほしくないという意思表示をしたという。その結果、藤原は随筆程度のものしか書かなくなった。

子育てをしながら、夫婦でものを書くのがいかに大変かを物語るエピソードだ。吉村が早くからお手伝いを雇い、津村に執筆の時間を与えたのも成功の秘訣に入るだろう。

吉村の人生を辿っていくと、運の強い人という印象がある。

その理由として、まず、もう少し戦争が長引いていたら、戦地に赴くことになっていた。一つ年上の男は皆兵隊にとられていた。吉村も終戦の年の八月に徴兵検査を受けて、第一乙種合格になっている。甲種には劣るが、現役の兵隊として適するとされたのだ。

それから十日ほどして敗戦となった。

その次に結核だった。胸郭成形術という手術は日本に導入されたばかりで、まだ実験段階だった。あと少し導入が遅れていたら、吉村は手術を受けることはできなかった。

執刀医は、東京大学医学部附属病院の講師で、のちに東大名誉教授になった田中大平だった。腕がいいと評判の田中の執刀を患者は願っていたので、田中にあたった吉村は幸運だった。術後一年以上の生存率は三十二パーセントで、田中は五百人ほど手術して、「消息を知ってるのはきみだけだ」と吉村に言った。

〈だから、ほんとに運のいい方ですって言われるんだ。〉(「オール讀物」平成十三年一月号)と病を振り返って吉村自身も語っている。

芥川賞を受賞しなかったのも、今となっては運がよかったと言えるのではないか。もし受賞していたら、数々の戦史小説や歴史小説は生まれていなかったかもしれない。

吉村にとって、生き延びるということが人生の大きな課題だったはずだ。何よりまずその生命において、そして小説の世界で。

いくつかの有難いめぐり合わせが重なってそれはかなえられた。


友人や仲間、編集者といった周囲の人に恵まれていたこともあるだろう。

太宰治賞を受賞した『星への旅』は、繊維関係の団体事務局時代の若い理事が、

「私の故郷は、小説にはならんですか」

と自身の郷里の田野畑村をさかんにすすめたのが執筆のきっかけだった。この理事と吉村は気が合い、吉村が引越しの際、前の家が早く売れて一ヶ月間宿なしになってしまったとき

も、居所を提供するなどの便宜を図っている。

戦艦「武蔵」を最初に書くようにすすめた泉三太郎（山下三郎）は、「文学者」時代の仲間だった。

津村も「文学者」の仲間の瀬戸内には世話になっている。

〈瀬戸内さんは私を小学館へ連れて行き、少年少女向けの学習雑誌の編集長に紹介して廻った。私たちがお金に困っていることは見るからに明らかで、瀬戸内さんの好意は有難かった。

「あのね、節子さん、みんな必死なんだから、出よう！　と思わなければ出られないのよ！」

道すがら瀬戸内さんは私に言い聞かせた。自分に言い聞かせているようでもあった。〉

（『ふたり旅』岩波書店）

瀬戸内は、この人、才能があるから書かせてねと言って、津村を編集者に引き合わせている。当時、二人は小田急線の狛江のアパートに住んでいた。吉村の月給が一万五千円でアパートの家賃が三千円。同人雑誌の会費が二人分で三千円。月末には食費もなくなって質屋に通っていた。瀬戸内はそのことを知らなかったようで、

〈この間、初めてそれを聞いて「うわぁ、かわいそうなことをした！」って思ったの。だって、節子さんはいつもお洒落で身奇麗にしているし、昭さんも見るからにお坊ちゃんで、二人とも学習院でしょう？　お金持ちだとばかり思っていた（笑）。〉（「文藝春秋」平成二十三年九月号）

編集者運というのもあるだろう。

新潮社の田辺孝治は、「文学者」の合評会にふらっと現れて、これはと思う人に新しいものを書いたら見せてくださいと声をかけていた。

「でも、それは声がかかっただけで、原稿依頼じゃないんです。他の人は何か言ってもらえると思って返事が来るのを待っていた。私は書いた小説を次々持って行った。定期でも買ったんですかと笑われました」

と津村が当時を振り返る。田辺との出会いから『さい果て』が生まれ、芥川賞につながっていく。津村は『さい果て』が自身の転機になるかもしれないと思い、それまで書き続けてきた少女小説を整理した。当然収入はなくなったが、半年間この一作に持てる力を傾注した。ようやくめぐってきたチャンスを逃すことはなかったのだ。

まさに「カンと決断」だろう。

芥川賞受賞作の『玩具』は新潮社で不採用になった作品だった。田辺はそれを文藝春秋新社（当時）の「文學界」に持っていくように助言した。

「『玩具』は『新潮』ではボツになったけれど、いい作品だと思うと田辺さんは言われました。『文學界』といったら、新潮社の敵方ですよ。芥川賞を受賞するという確信があったんでしょう。編集者とのめぐり合わせは大きいですね。田辺さんはすばらしい編集者でした」

会社を超えたアドバイスがあって、芥川賞作品は誕生した。吉村の『戦艦武蔵』を担当したのも田辺だった。

吉村の編集者運については、記録文学という思いも寄らない舞台を与えた斎藤十一との出会いは言うまでもない。当時、講談社の編集者だった大村彦次郎も、生活のために明日から勤めに出るという吉村を、次のように励ました。

〈「私は、ダブルYと言っていましてね。山川方夫さんと吉村さんは、必ず世に出る人だと思っています。お勤めに出て大変でしょうが、小説は必ず書きつづけて下さい」

氏は、真剣な眼をして言った。

私は、氏の温情に深く感謝し、喫茶店を出た。〉(『私の文学漂流』新潮文庫)

大村の予言通り吉村は世に出て、多くの作品を残した。吉村の葬儀で弔辞を読んだ大村は次のように追悼する。

〈たいがいの作家はある時期にはきわ立った仕事もするが、そう長くも続けられず、時どき休んだりしては、また書いたりする。だが、吉村さんの場合は、一貫した一本の道を地味に辿りながら、しかも最後に至るまで、現役として成長をやめることなく、そして多くの読者の信頼を失わなかったのである。作家としてこれ以上の面目と幸せに恵まれた人はそうザラにはいないと思う。〉(「ちくま」平成十八年十月号)

夫婦で同業で同門、さらに大学も同じとなれば、共通の友人が多いことになる。「たつのおとしご会」という、学習院時代の文芸部と演劇部の部員の集まりもあった。

きょうだいや親戚といった身内だけでなく、二人を取り巻く人間関係が良好だったことも成功の理由にあげられるだろう。応援したい才能というのはもちろんだが、近隣の人には自分から挨拶し、手紙には必ず返事を書くという礼儀正しさや律義さも、よい人の輪につながっていったように映る。

文学と生活についての考え方が一致していたことも肝要だろう。

文学は意識の所産であって生活ではないという信念が吉村にはあり、妻である津村について次のように述べる。

〈小説を書く女性の姿は、少くとも文学に関係している人々の頭の中に概念的なものとして定着してしまっているようだ。家事を煩わしいものとして蔑み、自己中心の生活を自分のまわりに形作ってしまう。鬼火につつまれたような激しい執念と、それから派生するさまざまな奇行。こうした女性は、すでに妻である資格はあり得ないし、家庭の中に棲息することのできる人間でもない。私とて、到底こうした類いの女性とは同居などできるわけがないし、傍に近寄ることさえ不快である。しかし、私の知っている限りでも、こうした範疇に入らない女流作家が数人はいる。その中の一人が、幸いにも津村節子であってくれたのだ。〉（『私の文学漂流』新潮文庫）

文学者であると同時に二人は生活者だった。津村も生活の中に文学を持ち込むことはなかった。

考え方が一致していたのは、二人が育った家庭環境が似ていたこともあるだろうか。

吉村の生家は紡績と製綿業、津村の家は織物業で、ともに季節感や伝統行事といった日々の生活を大切にした。どちらも両親を早く亡くし、二人で生きていくしかないという結束もあったかもしれない。

津村が仕事と主婦業の両立の秘訣を明かしている。ポイントを一つ押さえることが大事で、吉村家の場合は食べることだという。

〈「私は食いしん坊じゃないし、一粒飲んだら一日生きていられる錠剤があればそれでいいというタイプ。ところが、つれあいのほうは、食べることしか楽しみがなくて、一食でもおろそかにできない、という人なんです」〉（「クロワッサン」昭和五十九年二月十日号）

そのために津村は家事の中で食に関することを最優先した。妻の手料理に吉村は満足していたようで、阿川佐和子のインタビューでも次のように語っている。

〈「……知り合いの奥さんと話してて、『うちの主人は豚の脂身のとこ、喜ぶのよ』だって。犬と間違えてんじゃないかね。『好きなのよ』ってなら分かるけど」〉（「IN★POCKET」昭和六十二年一月号）

ぼやきながらも完全に手なずけられている様子が伝わってくる。津村にしてみれば胃袋をつかんだということだろうか。

愛妻の行き届いた献立メニューによって吉村は健康を取り戻し、〈ほんとに丈夫になつた。これもみんな節子のおかげだ。〉と感謝し、一方の津村は、〈その後一度も寝ついたことのないほどの健康体にしたのは、私という飼育者の力〉と自負している。

家庭生活でも津村の負けん気がいい結果を生み出した。

〈「あそこの奥さん小説書いてるから家事いい加減、なんて言われたくない。意地があって、よけい頑張っちゃうところがありましたね」〉（「クロワッサン」昭和五十九年二月十日号）

一つ屋根の下で暮らして、距離の取り方が絶妙だったこともあるだろう。

「ものを書く人間が同じ部屋にいるっていうのは、やっぱりね、お互いピリピリしますよ。お互いの緊張が電波のように通じるわけですよ。なんとか部屋をね、もう一つ書斎がほしいなっていうのが、お互いの願いでしたね」（吉村昭記念文学館「証言映像①　瀬戸内寂聴・津村節子　吉村昭を語る」）

独立した書斎が実現したのは、一九六九年（昭和四十四年）に終の棲家に引越したときだった。「つかず離れず、私の交友術」と題したインタビューで、津村は次のように述べる。

〈自分の中でルールを決めて、ある程度距離を置く、近づきすぎない、というつきあい方が賢明だと思います。〉（「婦人公論」平成十二年六月七日号）

夫婦間でも同じ暗黙のルールがあったのではないか。普段は距離を置いて素っ気なく暮らしていても、相手が窮地に立ったときは最大限の協力をする。夫婦同業のよさとして、津村はスランプになったときの思いやりをあげている。それがどんなに辛いかがわかるからだ。放っておいてほしいのか、何かしてほしいのかという対処法もわかる。

ともにスランプになってしまったときは余裕がなくなるにしても。

距離もルールも吹き飛んでしまったのが、津村が右目の視力を失ったときだった。

大河内によれば、そのときの吉村は、〈なかなか愚痴を口にしない吉村さんが津村さんの眼病を自分のことのように不安がっていた〉（「文學界」平成二十年十月号）という。周囲に迷惑をかけたくないいため、自身の病は伏せるように厳命した吉村だが、津村の目の病は親しい仲間や編集者も知っていた。

瀬戸内は次のように証言する。

〈目が悪くなった時は、本当に気にされていました。自分のために、ずっと節子さんが才能を抑えてきたから、このまま書けなくなったらどうしようと言い、うろたえられていました。〉（「小説新潮」平成十九年四月号）

瀬戸内の秘書の長尾玲子によれば、吉村に電話をすると、

「……目なんですって言うから、私も絶句して、えって言ったら、絞り出すような震える声で、だいぶ間があって、あの人は小説家です。目が見えなくなったら僕はどうしようっておっしゃって、また絶句されてるんですね。泣いてんのかなって感じで」（吉村昭記念文学館「証言映像①　瀬戸内寂聴・津村節子　吉村昭を語る」）

作家にとって目は命でもあり、心配性の吉村がどれほど気を揉んだことだろう。編集者が気遣って小料理屋に誘っても、酒も喉を通らず、早々に自宅に送り届けることになった。

津村は二十日間入院したが、大阪に講演に行った日以外、吉村は毎日病院に見舞いに来た。〈ただ黙って座っているだけでしたが、どんなに心強かったことか。〉と津村は感謝している。

吉村が津村をいちばん心配したのは目の病のとき、そして自分のとき以上に喜んだのが、津村が日本藝術院賞を受賞したときだった。

生活を共にする夫婦として、そして同業の作家同士として。吉村の中には作家と夫が同居し、津村には作家と妻が同居する。吉村の死後も、津村はその狭間で揺れ動いた。

〈夫と思っているといろいろ辛いことばかり思い出すのですが、作家吉村昭はこういう仕事をしていたんだ、ああ、こういう作品を書いていたんだ、というふうに思うようにしています。〉（「小説新潮」平成十九年四月号）

そのときから数年の時間を経て、津村は作家として吉村の最期を『遍路みち』『紅梅』に描き切った。『遍路みち』（講談社文庫）のあとがきには、

〈今自分に書けるものは、吉村の死について以外になく、もう一度それを再現するつらい仕事になった。漸く押し込めていた吉村のけはいが、濃密に漂い始めたのである。〉

と記し、

〈……『紅梅』を書いて、夫としてあの人が身近に戻ってきたような気がしているのです。〉

（『吉村昭が伝えたかったこと』文春文庫）

とも語っている。

点滴の管を自らはずすという吉村らしい最期を書けるのは津村しかいなかった。自分のことは三年は書くなと吉村は遺言に記していたので、いずれ書くのは承知だったのだろう。

津村の文壇デビュー作の初期の短編も、作家としての集大成の作品も、共に夫を題材にし

たものとなった。

　夫婦としての歳月をすべて小説に結実させ、作家として両雄並び立っている。

〈私は気が短いし、彼女もせっかちである。性格が似ている点が多いだけに……〉（『月夜の記憶』講談社文庫）

　と互いの性格のことを吉村は書いていて、そういう面はあったのかもしれないが、対極だと思うことが多い。それがかえってよかったのかもしれない。

　津村は自身の性格を〈八方美人〉（『書斎と茶の間』毎日新聞社）としている。一方の吉村は、つき合うのは編集者で同業の作家に友達はいなかった。司が前に述べたように吉村は心配性。津村については、担当編集者が次のような逸話を明かす。

「私が胃がんになったときでした。臆病なので、すっかり落ち込んでしまいました。そのことを津村さんに話したところ、そんなの切っちゃえば平気よ、と。あっけらかんと、そんなことを言う人はいなかった。それで気持ちがすっとラクになりました」

　終の棲家となった百五十坪の土地を買ったときも津村が即決した。即行動し、大胆に決断する。定住を好まない吉村は住居に関心がない。すべて津村の裁量に任され、衝突することはない。

　若い頃から津村は家計のやりくりにたけていて、生活力も旺盛だった。吉村が処女短編集『青い骨』を自費出版するときは、郵便貯金通帳を差し出し、山内一豊の妻だなと言わしめている。

　土地や住居に関心はないが、吉村も大きな買い物をしている。田野畑村の村長に頼まれて岬を一つ買っていた。さらに乳牛のオーナーになってほしいと言われて、血統書付きの牛も買っている。

　新潮社から『吉村昭自選作品集』の刊行が決まったとき、吉村が栗原正哉に宛てた手紙には、二人の性格の違いがあらわれている。

〈昨夜は、快く飲みました。女房は喜んで、家族旅行をしようと言い、なぜあなたは大喜びしないのと言い、売れないと迷惑をかけるので……と答えましたら、あんたという人は……と怒ってしまいました。性分ですからなおりませんが（略）〉（「波」平成二十二年十一月号）

〈人間は土壌に生えるキノコ〉という記述は二人の著書に登場するが、下町の家屋密集地帯で育った吉村は、たえず周囲に気を遣った。一方、長く雪に閉ざされる福井出身の津村は、少々のことでは挫折しない。柳に雪折れなしというように、耐える力と立ち直る力がある。

　吉村は次のように述べていたと津村は記す。

〈夫は、私を、純粋な越前（えちぜん）女ではないという。おまえが努力家であるという点は越前の気質を受けついでいるが、理屈が多く、頑固なところは信州の血だというのだ。〉（『女の居場所』集英社文庫）

　津村の父は信州出身だった。津村の頑固なところは、負けず嫌いからきているので扱いにくいとつけ加えている。

負けず嫌いの津村が吉村昭という大きな才能と出会い、負けたくないがために努力を重ねた。一方の吉村も一家の主としての重責からひたすら邁進した。文学の上での出会いで、これ以上の相乗効果はなく、その結果どちらも見事に才能を開花させた。

おしどり夫婦と言われた二人を司は次のように見る。

「父がなんで怒っているか、母はわからなかったから、長く一緒にいられたんじゃないでしょうか。原因がわかったら追い詰められますからね。いい意味での鈍感力ですね」

普段の生活で、津村と過ごすことが多い司の妻も、

「つい言い過ぎたりして、ちょっとした諍いになっても、義母は次の瞬間にさっと切り替えられるんです。根に持たないでいてくれるので、とても助かっています。義母の前向きな明るさは、義父と家庭を築く上でも、とても大きかったと思います」

内にため込まず、すさまじいケンカをしたのも、夫婦円満の秘訣だったのだろうか。気持ちをごまかさずにぶつかり合ったからこそ、真のおしどり夫婦になれたのかもしれない。

性格も小説の作風も違う二人だが、つれ添ううちに字まで似てきたと編集者の間では言われていた。

若い頃と晩年で、夫婦で影響を受け合って変わっていったところはあるのだろうか。

波瀾に富んだ結婚生活を懐古するように津村が語る。

「今、小説で世に出ないとこの先出られないという、切羽詰まった時代と違って、順調に小

説を書けるようになってからは、吉村の性格が穏やかになって、ギスギスしなくなりました。若い頃の切羽詰まっていたときは、生活のために勤めに出ると小説が書けない。そのときはまわり中が迷惑するくらい、イライラしていましたね」

吉村が家庭で妻に向かって物を投げたという話を、編集者がきくと皆一様に驚く。酒の飲み方も、のちの穏やかな飲み方と違い、若い頃は焼酎コップ十七杯、ウイスキー角瓶二本、お銚子二十七本をそれぞれ三、四時間の間に空けるような飲み方をしていた。酒場のはしごの最後に、女性のいるキャバレーに通っていたというのも意外な印象を受ける。

司も次のように振り返る。

「結婚当初、小説がうまくいくかいかないかは死活問題でしょう。だからギスギスしてしまう。父が必死で仕事をしているのは家族のため。俺の気持ちがわかってないと、激することはあったと思います」

〈文壇に出るまでの殺気だった2人は激闘というほどの喧嘩をしていた事もあった。〉

と司は自身のSNSに投稿している。

「父が穏やかになったのは、小説が売れて困窮から脱したからでしょう。太宰賞をとっても安泰ではなかったけれど、記録文学を書いてお金が入ってくると、余裕が出てくる。一家の主として家族を養い、お手伝いさんまで雇っているという事実があるわけですから」

復帰前の沖縄に取材で訪れた吉村も、津村に宛てた手紙に次のように書いている。

〈おれの稼いだ金で旅をしているのだと思うと快い気分です。沖縄戦でいい作品が書ければ、

それだけ豊かになる。漸く男らしい生活がやってきたようです。〉（『果てなき便り』文春文庫）

男らしい生活――。従業員を雇い、大家族を養っていた父親の姿が絶えず脳裏にあったのだろう。

「母は若い頃と変わらないですね。ふてぶてしいから、長生きしますよ」

と言って司は苦笑する。

小説家志望の仲間として出会った二人だった。その点では同志で、相手にいいものを書かせたいという気持ちは、いつのときも胸の内にあったに違いない。

〈夫婦というより戦友、書くことによって支え合っていた。〉（毎日新聞　平成二十年九月二十九日朝刊）

と津村は語っている。

家庭の中で、妻が夫を立てるということはあったのか。

「それはありましたね。家の中でも、人前でも。お父さんはすごい、すばらしいと、母は子供にも言っていました。自分より父のほうが才能があると、母は自覚していたと思います。夫としても、作家としても、一目も二目も置いていました」

四半世紀続いた恒例の新年会のときも、津村は吉村の担当編集者を優先して招いていたと、栗原が証言している。

「そもそもの出会いで言えば、父はとにかくひと目惚れでしたからね。母は父にほだされたという面もあると思いますが、才能がある人だという思いは変わらずにあったでしょう」

若い頃からのつき合いの大河内は、二人を次のように見ていた。

〈しかし、津村さんは夫吉村昭のかたくななまでの自分流儀へのこだわりをほぐす柔軟さを備えていた。〉（「文學界」平成二十年十月号）

こわばったところは一切なかった、と記している。よき伴侶とのめぐり合いで、吉村の頑なだったところが徐々にほぐれ、棘（とげ）が抜け落ちていったのかもしれない。

〈話の端々に、「節子がね、節子がね」と言っていた。〉（「小説新潮」平成十九年四月号）

とも大河内は証言する。

孫悟空とお釈迦様の掌の上の寓話と同じで、津村の掌の上で吉村が自由にふるまっていたと大河内は述べているが、果たしてどちらがお釈迦様だったのだろう。命そのものの小説を家族のために見切ろうとした覚悟や、自身の死後の抜かりない遺言を見ると、吉村がお釈迦様だったような気もしてくる。

瀬戸内は津村との対談で、夫婦の仲むつまじさについて述べている。

〈瀬戸内　……でも、長い結婚生活で、昭さんが浮気したなんてこと、一度もないでしょう？

津村　まあ、ないわねえ。地獄耳で有名な編集者が私に「吉村さんのだけは聞こえてこないんだよなあ」って残念そうに言ってたくらいで。

瀬戸内　そこがつまんないのよね（笑）。〉（「文藝春秋」平成二十三年九月号）

瀬戸内と大河内との鼎談でも、津村は〈焼いたことも焼かれたこともないです（笑）。つまんないですね。〉と語る。

吉村が死を覚悟したことを察せず、何も言い残さないで亡くなったことに津村が触れると、〈だけど、言わなくっても分かってくれていると思ってるのよ。実際、分かってるじゃないの、あなた。〉（『遥かな道』河出書房新社）

と瀬戸内が吉村の胸中を代弁するような発言をしている。今生の別れにもはや言葉など必要としなかったのだろう。

〈昭さんにとってあなたほど素敵な奥さんはなかった。私が太鼓判押しますよ。〉（同）

瀬戸内はそう結んでいる。

夫婦がそこまでうまくいった理由はどこにあるのだろう。その一端を吉村が座談会で明かしている。

〈このあいだ、ひょいとね、おれはどうして女房と一緒にいるのかと思って考えてみたんですが、結局、話がおもしろいからという結論に至りましたね。ほんとにそれだけですよ、いままで別れなかった理由は――。〉（「婦人生活」昭和四十三年六月号）

吉村が四十一歳のときの夫婦間の会話をテーマにした座談会だった。かなり高度な冗談を言ってもわかってくれるとつけ加えている。

結婚前に吉村が見込んだ通り、津村は微妙なカンどころがあったのだろう。こんなはずではなかったということもあったが、世話女房であることなど、肝心なところで見当違いはなかったのだ。

一方の津村は、六十七歳のときに結婚生活を次のように振り返る。

〈私はつくづくこの頃、夫婦とは有難いと思う。朝から晩まで一つ屋根の下にいて、お互いにありのままでいられる気楽さ。長所も欠点も知り尽し、若い頃は大喧嘩になったことも今ではあきらめではなくて許し合えるようになった。〉（『花時計』読売新聞社）

津村が仕事で落ち込んでいるとき、どう声をかけたら救いになるかを知っているのは夫であり、夫婦で一緒に年をとるのはいいことだと述べる。

まさに円熟の境地だが、そもそもの二人の相性は最悪だった。どの占いを見ても凶と出ていた。吉村が三十代の頃、手相を見てもらった占い師にも、短命で結婚も長続きしないと言われている。

しかしながら、そういった世間一般の相性ではなく、二人だけにしかない唯一無二の結びつきがあったのではないか。

吉村が子供のとき、家が火事になって置き去りにされたことがあったと前述した。津村は自伝的小説に書いている。

〈火事の時に家の中に取り残され、燃えさかる火の中で泣いていた時の恐怖と家族に忘れられた絶望感は、あとあとまでも根強く残り、かれの性格に少からぬ影響を及ぼしているように章子には思えた。〉（『重い歳月』文春文庫）

津村が回想して語る。

「火事の話は、吉村から聞いたことがあります。俺を置いていったと言ってました。いざというとき置いていかれたと。そんな少年時代を送ったのかと、不憫だったし、愛しかったです」

津村は母性豊かな女性ではないかと思う。どんなわがままを言っても離れてくれるなと吉村は手紙に書いていたが、吉村に対して、不憫だった、愛しかったという気持ちが根底にあったからこそ、すべてを受け入れようとしたのではないか。

夜、津村が原稿に向かっていると、「おう、そろそろ飲まないか」と声がかかった。締切が迫っていたら、津村は飲むどころではないはずだ。

〈食後のウイスキーも、夫は相手が欲しいらしく、酒が飲めなくて酒飲みの女房がつとまるか、と文句を言うが、私はそれからが自分の仕事であり、夫の酒の相手はしていられない。〉

（『女の引出し』中公文庫）

そう書きながら、インタビューの際に、「飲む真似をしてつき合っていた」と答え、私は驚いた。一人で飲むのはつまらなかったんでしょうねと言うが、家族の愛情を渇望していた男を一人にはさせない、寂しい思いはさせないという気持ちがあったのではないか。

津村が自作の中でいちばん好きだと言った『さい果て』に、肋骨を失った夫の胸のくぼみに、妻が顔を埋めて眠る場面がある。

〈……それは私の一番心の安まる巣なのであった。〉

と記している。つまり相手の欠損しているところに惹かれ、それを共有し、補い合う存在として伴侶がいる。それは精神的な意味においても。夫婦としても、そのように置き換えのきかない相性で結ばれていたのではないか。

天が配剤した組み合わせの妙とも言えるかもしれない。


吉村家のその後のことを記しておきたい。

長男の司はソニー時代に、アフリカの無電化地域などでサッカーワールドカップのパブリックビューイングを行うなどサラリーマンの枠を超えた仕事をし、そのプロジェクトは国際協力機構（ＪＩＣＡ）と連携して保健事業にもつながっていった。言葉が通じない現地の人とはダンスを踊ってコミュニケーションをとってしまう。そのようなキャラクターはどんな家庭環境によって育まれたのかを知りたいというのも執筆動機だった。

二〇一六年（平成二十八年）に津村が文化功労者に選ばれたときは、顕彰式と午餐会に司がつき添った。そのあとで天皇皇后両陛下とのお茶会に向かう津村に、司は自分がはめていたオメガの時計をはずして手渡した。

吉村が取材で南アフリカに行ったとき、現地で買い求め、愛用していたものだった。亡くなった後は吉村の形見として司の腕にあった。吉村は生前皇居に行ったことがない。母とともに皇居に、という思いを込めて託したのだった。

司と長女については、〈いい子に恵まれた〉（『果てなき便り』文春文庫）と吉村も記している。

津村はその長女一家と二世帯住宅で暮らし、門や玄関は別だが、庭続きで家の中も廊下でつながっている。その隣には長男の司一家が住む。

吉村亡き後は、週日は長女一家と、週末は司一家と津村は食事をともにしている。六月の津村の誕生日には子供や孫が集い、皆で長寿を祝う。

吉村が、自分の命そのものの小説を断念してでも守ろうとした家族の暮らしがそこにあった。


二〇二三年（令和五年）四月半ば、雪解けを待って、越後湯沢にある吉村の墓に詣でた。湯沢は日本有数の豪雪地帯で、冬に二、三メートルの雪が積もることがある。例年ならゴールデンウィーク前後に雪解けとなるが、今年は雪が少なく雪解けも早かった。桜の名所の湯沢中央公園では、しだれ桜が満開で桃源郷のような趣きがあった。

町営墓地の大野原霊苑は、越後湯沢駅からタクシーで十分ほどのところにある。霊苑の入口には吉村の墓の案内板が立っていた。

「吉村昭氏、湯沢をこよなく愛し、生前墓所として決めたこの地に眠る。湯沢町」

わざわざ東京などから、吉村の墓参りに訪れる愛読者がいるためだった。その日私が乗ったタクシーの運転手も、墓参客を乗せたことがあると話した。

墓は自然石に「悠遠」と書いた自筆の字を彫ったもので、周囲を谷川連峰とその一角にあたる大源太山、大峰山といった山々に囲まれた長閑（のどか）な景色に溶け込んでいた。

墓が建てられたのは二〇〇〇年（平成十二年）だった。

月に一度くらいの割合で夫婦で湯沢を訪れるうちに、なじみの飲食店ができた。栗原が手渡された遺書には、納骨の際、現地で編集者を招く小宴の場所として、よく通った「一二三(ひふみ)」「大寿司(おおずし)」の名前がある。吉村夫妻を知る、手打ちそば「しんばし」の店主夫婦は、懐かしそうに二人の思い出を語ってくれた。

そうして町の人と親交のあったこの地に、吉村は墓を建てたいと思ったが、町営墓地なので三年以上湯沢町に住民票がないと墓は建てられない。「ただし、町長が特に認める場合はこの限りでない」という一文が墓地条例にあり、特例として認められた。

吉村の墓石のそばの墓誌には、吉村の名前の隣に赤字で「吉村節子」とある。

雪国に墓を建てることに津村は反対したが、雪の中は暖かいのだぞと吉村は言っていた。湯沢は夫婦二人だけで過ごす唯一の場所だった。

雪形が残る山から春嵐のような風が吹き、墓前に供えた水仙の芳香があたりに漂った。

今なお「津村　吉村」の表札が掲げられた自宅で、津村にインタビューした際の最後の質問を思い出した。

「生まれ変わっても、また一緒になりたいですか」

「もちろん、もちろんですよ」

考える間もない即答だった。津村の弾んだ声がよみがえり、風に舞い上がって天に昇っていった。

【引用・主要参考文献】＊本文中に出典を明示した作品は省略した

全章を通じて

『人物書誌大系41　吉村昭』木村暢男編　日外アソシエーツ

序章

〈吉村作品〉

『一家の主』ちくま文庫／『私の文学漂流』新潮文庫

〈津村作品〉

『津村節子自選作品集1』岩波書店／『風花の街から』毎日新聞社／『明日への一歩』河出書房新社／『遥かな道』河出書房新社／『似ない者夫婦』河出書房新社／『瑠璃色の石』新潮文庫／『遍路みち』講談社文庫／『紅梅』文春文庫／『果てなき便り』文春文庫

〈その他〉

『道づれの旅の記憶　吉村昭・津村節子伝』川西政明　岩波書店

〈新聞・雑誌など〉

「直言曲言　男はライオン、女は豹」『週刊朝日』昭和四十三年九月二十日号／「心ひかれる北国の風景」『旅』昭和四十五年七月号／「新婚時代、雪の降る東北、北海道を放浪して歩いた。その旅が私の原点です。」『ＭＩＮＥ』平成二年十一月二十五日号

第一章

〈吉村作品〉

『吉村昭自選作品集　第一巻』新潮社／『その人の想い出』河出書房新社／『ひとり旅』文春文庫／『月夜の記憶』講談社文庫／『蟹の縦ばい』中公文庫

〈津村作品〉

『津村節子自選作品集1』岩波書店／『女の贅沢』読売新聞社／『明日への一歩』河出書房新社／『遥かな道』河出書房新社／『似ない者夫婦』河出書房新社／『人生のぬくもり』河出書房新社／『瑠璃色の石』新潮文庫／『時の名残り』新潮文庫／『夫婦の散歩道』河出文庫／『女の引出し』中公文庫／『女の居場所』集英社文庫

〈その他〉

『食と酒　吉村昭の流儀』谷口桂子　小学館文庫／『吉村昭の人生作法』谷口桂子　中公新書ラクレ

〈新聞・雑誌など〉

「『戦艦武蔵』『天狗争乱』『破獄』　作家・吉村昭さん死去」『朝日新聞』平成十八年八月二日朝刊／「経済観念がゼロ」『週刊サンケイ』昭和三十四年十一月二十二日号／「夫婦作家の昼と夜」『女性自身』昭和四十年八月九日号／「夫婦作家の夫は気の毒です」『週刊読売』昭和四十年八月二十二日号／「直言曲言　男はタテに、女はヨコに」『週刊朝日』昭和四十三年九月二十七日号／「心ひかれる北国の風景」『旅』昭和四十五年七月号／「なれあいを許さない夫　吉村昭」『婦人公論』昭和四十六年五月号／「ものぐさと神経質が露出した」『婦人公論』昭和四十七年十一月号／「調和が生まれるまでに」『微笑』昭和四十八年八月二十五日号／「別れない理由　五分五分」「別れない理由　主婦でない妻」『別冊文藝春秋』昭和五十一年九月号／「われらの哀しき愛情物語」『素敵な女性』昭和五十四年十二月号／「特集『文藝春秋』と私　初めて小説が載った頃」『文藝春秋』平成四年二月号／「『家』の履歴書　家賃が高くてアパートを転々。二足の草鞋で書き続けたデビュー当時」『週刊文春』平成九年五月一・八日号／「女房が芥川賞を取ったとき、ヒモになろうと思ったんです」『週刊文春』平成十二年一月二十日号／「着物の時間　いわゆる黄八丈っぽくないでしょう？　わりとダイナミックな柄でね。」『クロワッサン』平成十五年三月十日号／「追悼　吉村昭　戦争の子、東京の子」『群像』平成十八年十月号／「特集　吉村昭　矜持ある人生　友として、夫として、そして作家として」『小説新潮』平成十九年四月号／「転機――吉村昭の手紙」「オール讀物」平成二十五年五月号／戦後昭和史　小学校教員の初任給（ウェブサイト）

第二章

〈吉村作品〉
『私の文学漂流』新潮文庫／『事物はじまりの物語／旅行鞄のなか』ちくま文庫
〈津村作品〉
『花時計』読売新聞社／『もう一つの発見　自分を生きるために』海竜社／『似ない者夫婦』河出書房新社／『果てなき便り』文春文庫／『女の引出し』中公文庫
〈新聞・雑誌など〉
「一家の主　『父の日』は…」『毎日新聞』昭和四十八年六月十五日夕刊／「【親を語る】作家・吉村昭さん　厳格なしつけと、人一倍の思いやり」『産経新聞』平成十二年十二月二十五日朝刊／「吉村昭の書斎　三鷹市に寄贈」『朝日新聞』令和五年一月三十日朝刊／「直言曲言　スパルタ教育のすすめ」『週刊朝日』昭和四十三年八月九日号／「なれあいを許さない夫　吉村昭」『婦人公論』昭和四十六年五月号／「しつけ教育と子どもの創造性」

『総合教育技術』昭和四十七年九月号／「別れない理由　主婦でない妻」『別冊文藝春秋』昭和五十一年九月号／「仕事と主婦業は両立できると信じよう。」『クロワッサン』昭和五十九年二月十日号／「つきあい上手のコツを知りたい　おもてなしの極意」『婦人公論』平成五年三月号／「ならぬことはならぬものです。」『青春と読書』平成二十年七月号／「父・吉村昭を語る『父は子どもに褒められるのが一番うれしいんです』」『嗜み』平成二十年秋号／「おしまいのページで　梅に鶯」『オール讀物』平成二十二年四月号／「おしまいのページで　花の庭」『オール讀物』平成三十年十一月号／「作家のペンと家　出かけてすぐ帰りたくなる家」『週刊文春』令和四年三月二十四日号

第三章

〈吉村作品〉

『その人の想い出』河出書房新社

〈津村作品〉

『夫婦の散歩道』河出文庫／『花時計』読売新聞社／『ふたり旅』岩波書店／『明日への一歩』河出書房新社／『遥かな道』河出書房新社／『似ない者夫婦』河出書房新社／『人生のぬくもり』河出書房新社／『瑠璃色の石』新潮文庫／『紅梅』文春文庫／『時の名残り』新潮文庫／『果てなき便り』文春文庫／『三陸の海』講談社文庫

〈その他〉

『道づれの旅の記憶　吉村昭・津村節子伝』川西政明　岩波書店／『値段史年表　明治・大正・昭和』週刊朝日編　朝日新聞社

〈新聞・雑誌など〉

「病気も出会いもすべて縁」『読売新聞』平成十二年三月七日朝刊／「吉村昭　別名で少年小説」『読売新聞』令和三年二月二十二日朝刊／「妻の芥川賞受賞　週間日記」『週刊新潮』昭和四十年八月七日号／「新婚時代、雪の降る東北、北海道を放浪して歩いた。その旅が私の原点です。」『MINE』平成二年十一月二十五日号／「久和ひとみの著者訪問　小説家は自己暗示の職業なんです」『現代』平成三年七月号／「六十歳からの生き方　僕は死んだら、解剖してもらおうと思うんです。どうぞ見て下さいって。」『ノーサイド』平成四年十二月号／「著者インタビュー『戦艦武蔵』誕生までの逆境の日々」『現代』平成五年三月号／「女房が芥川賞を取ったとき、ヒモになろうと思ったんです」『週刊文春』平成十二年一月二十日号／「つかず離れず、私の交友術」『婦人公論』平成十二年六月七日号／「〝似ない者夫婦〟でも夫は一番の親友」『清流』平成十六年八月号／「特集　追

悼・吉村昭　三つの岐路」『季刊文科』36　鳥影社／「父・吉村昭を語る『父は子どもに褒められるのが一番うれしいんです』」『嗜み』平成二十年秋号／「吉村昭さんからの手紙」『波』平成二十二年十一月号／「吉村昭没後五年　黄昏になると昭さんが見えるの」『文藝春秋』平成二十三年九月号／「父への告白」『文藝春秋』平成二十八年十一月号／吉村昭記念文学館「証言映像②　編集者が語る吉村昭の作品世界」／吉村司フェイスブック

第四章

〈吉村作品〉

『月夜の記憶』講談社文庫／『回り灯籠』筑摩書房／『史実を歩く』文春新書／『わたしの流儀』新潮文庫／『わたしの普段着』新潮文庫／『ひとり旅』文春文庫／『白い遠景』講談社文庫／『縁起のいい客』文春文庫

〈津村作品〉

『津村節子自選作品集1』岩波書店／『合わせ鏡』朝日新聞社／『もう一つの発見　自分を生きるために』海竜社／『紅梅』文春文庫／『時の名残り』新潮文庫／『みだれ籠』文春文庫／『愛する伴侶を失って』加賀乙彦共著　集英社文庫

〈その他〉

『文藝別冊　増補新版吉村昭――取材と記録の文学者』河出書房新社

〈新聞・雑誌など〉

「家族交歓　一家四人で」『東京新聞』昭和四十二年一月七日夕刊／「家族旅行」『読売新聞』昭和四十七年九月九日朝刊／「経済観念がゼロ」『週刊サンケイ』昭和三十四年十一月二十二日号／「マイファミリー　マンガ家族」『小説新潮』昭和四十五年九月号／「なれあいを許さない夫　吉村昭」『婦人公論』昭和四十六年五月号／「亭主の家出」『文藝春秋』昭和五十二年七月号／「敵と味方を分け過ぎる」『婦人公論』昭和五十三年九月号／「人物日本列島　編集者には小学生みたいな字だって言われるんだ（笑）」『週刊宝石』平成三年十月二十四日号／「姑を知らない姑になる記」『婦人公論』平成五年十月号／「『家』の履歴書　家賃が高くてアパートを転々。二足の草鞋で書き続けたデビュー当時」『週刊文春』平成九年五月一・八日号／「特集　吉村昭　矜持ある人生友として、夫として、そして作家として」『小説新潮』平成十九年四月号　吉村司フェイスブック

第五章

〈吉村作品〉

『吉村昭自選作品集　第十三巻』新潮社／『私の引出し』文藝春秋／『回り灯籠』筑摩書房／『その人の想い

出』河出書房新社／『履歴書代わりに』河出書房新社／『わたしの流儀』新潮文庫／『街のはなし』文春文庫／
『縁起のいい客』文春文庫
〈津村作品〉
『人生のぬくもり』河出書房新社／『果てなき便り』文春文庫
〈その他〉
『文藝別冊　増補新版吉村昭――取材と記録の文学者』河出書房新社
〈新聞・雑誌など〉
「吉村昭さんは〝尊厳死〟」『読売新聞』平成十八年八月二十五日朝刊／「自宅でがん闘病…点滴外す」『朝日新聞』平成十八年八月二十五日夕刊／「吉村昭さん　壮絶な最期　妻が明かす」『日刊スポーツ』平成十八年八月二十五日／「吉村昭さん『尊厳死』だった」『夕刊フジ』平成十八年八月二十六日／「人物日本列島　編集者には小学生みたいな字だって言われるんだ（笑）」『週刊宝石』平成三年十月二十四日号／「六十歳からの生き方　僕は死んだら、解剖してもらおうと思うんです。どうぞ見て下さいって。」『ノーサイド』平成四年十二月号／「新春特別座談会　私たちが生きた時代」『オール讀物』平成十三年一月号／「吉村昭さん妻・津村節子さん『お別れの会の言葉』」『週刊文春』平成十八年九月七日号／「作家・吉村昭が問いかける末期がん『命の始末』」『週刊ポスト』平成十八年九月十五日号／「『お別れの会挨拶』全文――吉村昭氏の最期」『文藝春秋』平成十八年十月号／「特集　追悼・吉村昭　ストイックな作家の死」『季刊文科』36　鳥影社／「特集　吉村昭　矜持ある人生　友として、夫として、そして作家として」『小説新潮』平成十九年四月号／「父・吉村昭を語る『父は子どもに褒められるのが一番うれしいんです』」『嗜み』平成二十年秋号／「吉村昭さんからの手紙」『波』平成二十二年十一月号／「吉村昭没後五年　黄昏になると昭さんが見えるの」『文藝春秋』平成二十三年九月号

終章

〈吉村作品〉
『わたしの普段着』新潮文庫／『戦艦武蔵ノート』文春文庫／『私の好きな悪い癖』講談社文庫
〈津村作品〉
『津村節子自選作品集1』岩波書店／『女の贅沢』読売新聞社／『合わせ鏡』朝日新聞社／『紅梅』文春文庫／『ふたり旅』岩波書店／『果てなき便り』文春文庫／『風花の街から』毎日新聞社
〈その他〉

『文学者掃苔録図書館』大塚英良　原書房
〈新聞・雑誌など〉
「夫　吉村昭は戦友だった」『毎日新聞』平成二十年九月二十九日朝刊／「五万枚の小説を書いた男」『別冊文藝春秋』昭和二十七年八月号／「夫婦作家の夫は気の毒です」『週刊読売』昭和四十年八月二十二日号／「対談おしどり作家」『新刊ニュース』昭和四十一年十二月十五日号／「なぜ夫は黙っているの」『婦人生活』昭和四十三年六月号／「菊池賞受賞を喜ぶ」『文藝春秋』昭和四十八年十二月号／「『日本の作家』の横顔丹羽文雄　青年のように……」『小説新潮』昭和五十五年一月号／「仕事と主婦業は両立できると信じよう。」『クロワッサン』昭和五十九年二月十日号／「作家と豚の脂身」『IN★POCKET』昭和六十二年一月号／「著者インタビュー吉村昭　芥川賞を受賞していたならば『戦艦武蔵』は生まれなかった」『アサヒ芸能』平成五年一月十四日号／「つかず離れず、私の交友術」『婦人公論』平成十二年六月七日号／「新春特別座談会　私たちが生きた時代」『オール讀物』平成十三年一月号／「〝似ない者夫婦〟でも夫は一番の親友」『清流』平成十六年八月号／「追悼吉村昭　小説家を全うした夫妻」『群像』平成十八年十月号／「東京の人」『ちくま』平成十八年十月号／「特集追悼・吉村昭　ストイックな作家の死」『季刊文科』36　鳥影社／「特集　吉村昭　矜持ある人生　友として、夫として、そして作家として」『小説新潮』平成十九年四月号／「ならぬことはならぬものです。」『青春と読書』平成二十年七月号／「『ふたり旅——生きてきた証しとして』」『文學界』平成二十年十月号／「吉村昭さんからの手紙」『波』平成二十二年十一月号／「吉村昭没後五年　黄昏になると昭さんが見えるの」『文藝春秋』平成二十三年九月号／「作家のペンと家　出かけてすぐ帰りたくなる家」『週刊文春』令和四年三月二十四日号　吉村司フェイスブック

谷口桂子（たにぐち・けいこ）
作家、俳人。三重県四日市市生まれ。東京外国語大学外国語学部イタリア語学科卒。著書に小説『越し人　芥川龍之介最後の恋人』（小学館）ほか、インタビュー集『夫婦の階段』（NHK出版）、ノンフィクション『祇園、うっとこの話　「みの家」女将、ひとり語り』（平凡社）など。

表紙筆跡　吉村昭　津村節子
カバー写真提供　吉村昭記念文学館
＊著作権については極力調査を行いましたが、お気づきの点がございましたら、ご連絡ください。
本扉写真　新潮社写真部

吉村昭（よしむらあきら）と津村節子（つむらせつこ）
波瀾万丈（はらんばんじょう）おしどり夫婦（ふうふ）

著　者　谷口桂子（たにぐちけいこ）

発　行　2023年10月20日

発行者　佐藤隆信
発行所　株式会社新潮社　郵便番号162-8711
東京都新宿区矢来町71
電話：編集部 03-3266-5611
読者係 03-3266-5111
https://www.shinchosha.co.jp

装　幀　新潮社装幀室
印刷所　錦明印刷株式会社
製本所　大口製本印刷株式会社

ISBN978-4-10-355241-3　C0095
価格はカバーに表示してあります。